साहिर लुधियानवी

लोकप्रिय शायर और उनकी शायरी

साहिर लुधियानवी

संपादक : प्रकाश पंडित
सह-संपादक : सुरेश सलिल

साहिर लुधियानवी की ज़िन्दगी और उनकी बेहतरीन
ग़ज़लें, नज़्में और फ़िल्मी गीत

राजपाल

ISBN : 978-93-5064-198-9

संस्करण : 2014 © राजपाल एण्ड सन्ज़

SAHIR LUDHIYANVI (Life-Sketch and Poetry)

Editor : Prakash Pandit, Associate Editor : Suresh Salil

राजपाल एण्ड सन्ज़

1590, मदरसा रोड, कश्मीरी गेट-दिल्ली-110006

फोनः 011-23869812, 23865483, फैक्सः 011-23867791

website : www.rajpalpublishing.com

e-mail : sales@rajpalpublishing.com

क्रम

दुनिया ने तजुरबातो हवादिस की शक्ल में
जो कुछ मुझे दिया है, लौटा रहा हूँ मैं

परिचय

साहिर को मैंने बहुत क़रीब से देखा है।

1943 में—जब वह 'साहिर' कम और कॉलेज का विद्यार्थी अधिक था और अपने-आपको 'साहिर' यानी शायर मनवाने और अपना कविता-संग्रह 'तल्ख़ियाँ' छपवाने के लिए लुधियाना से लाहौर आया था।

1945 में—'तल्ख़ियाँ' के प्रकाशन के साथ ही उसने ख्याति की कई सीढ़ियाँ एकदम तै कर लीं। प्रसिद्ध उर्दू पत्र 'अदबे-लतीफ़' और 'शाहकार' (लाहौर) का सम्पादक बना और देवेन्द्र सत्यार्थी ने उससे मेरा बाक़ायदा परिचय कराया।

1948 में—वह ख्याति के शिखर पर पहुँच चुका था। बम्बई के फ़िल्म-जगत् से निकलकर शरणार्थी की हैसियत से लाहौर में आबाद था और भारतीय लेखकों के एक ग़ैर-सरकारी मैत्री-मण्डल के सदस्य के रूप में मैं उसके यहाँ दो दिन रहा था।

लेकिन इन सबके बावजूद 'साहिर' के व्यक्तित्व और उसके आधार पर उसकी शायरी के इस अवलोकन का मुझे अधिकार न पहुँचता, यदि 1949 में मेरी उससे भेंट न होती।

दिल्ली में 'साहिर' से मेरी भेंट आकस्मिक तो थी पर आश्चर्यजनक नहीं। लाहौर में उसके यहाँ दो दिन रहकर ही मैंने अनुमान लगा लिया था कि 'साहिर' वहाँ खुश नहीं रह सकता। 'साहिर' वहाँ इसलिए खुश नहीं रह सकता था क्योंकि उसे अपने चारों ओर एक ही मत और धर्म के लोगों की भरमार नज़र आती थी। क़लम की आज़ादी थी न ज़बान की, और उन मित्रों की जुदाई तो उसके लिए अत्यन्त असह्य हो रही थी जो अपने नामों से हिन्दू और सिख थे और जिनके साथ 'साहिर' ने अपना पूरा जीवन व्यतीत किया था; और मैंने देखा था कि 'साहिर' के साथ-साथ उसकी 'माँ जी' को भी हम हिन्दुओं को अपने यहाँ देखकर हार्दिक प्रसन्नता हुई थी। अतएव दिल्ली में 'साहिर' से जब मेरी भेंट हुई तो मुझे कोई आश्चर्य न हुआ और जब अपने विशेष 'नटखट' स्वर में उसने मुझे बताया कि पाकिस्तान सरकार ने उसके ख़िलाफ़ वारण्ट-गिरफ्तारी जारी कर दिए हैं तो मैंने कारण तक पूछने की आवश्यकता न समझी। बाद में 'साहिर' की 'माँ जी' को लाहौर से निकाल लाने के लिए लाहौर जाने पर मुझे मालूम हुआ कि द्वैमासिक

पत्रिका 'सवेरा' में, जिसका उन दिनों वह सम्पादक था, उसकी क़लम ने राज्य के विरुद्ध विष की कुछेक बूँदें टपका दी थीं।

दिल्ली 'साहिर' की मंज़िल नहीं, पड़ाव था। वह शीघ्र-से-शीघ्र बम्बई पहुँचना चाहता था, जहाँ उसके विचार में फ़िल्म-जगत् बड़ी अधीरता से उसकी प्रतीक्षा कर रहा था। लेकिन शायद इस ख़याल से कि पथिक पर कुछ अधिकार पड़ाव का भी होता है, या न जाने किस ख़याल से, उसने पूरा एक वर्ष दिल्ली की भेंट कर दिया। और मैं यद्यपि 'साहिर' से उसके बाद भी अनेक बार मिलता रहा हूँ, लेकिन उसे और उसकी शायरी को यथोचित रूप से समझने और जाँचने-परखने का मौक़ा मुझे उसी एक वर्ष में मिला; जब उर्दू पत्रिका 'शाहराह' और 'प्रीतलड़ी' के सम्पादन के सिलसिले में हम दोनों ने न केवल एक-साथ काम किया बल्कि एक-साथ ही घर में रहे। यों लगभग चार वर्ष तक मैं बम्बई में भी 'साहिर' के साथ एक ही घर में रह चुका हूँ और 1972 में अपने गले के कैंसर के इलाज के सिलसिले में महीनों उसका मेहमान रह चुका हूँ।

'साहिर' अभी-अभी सोकर उठा है (प्रायः दस-ग्यारह बजे से पहले वह कभी सोकर नहीं उठता) और नियमानुसार अपने लम्बे क़द की जलेबी बनाए, लम्बे-लम्बे पीछे को पलटने वाले बाल बिखराए, बड़ी-बड़ी लाल आँखों से किसी भी बिन्दु पर मैस्मेरिज़्म की-सी टिकटिकी बाँधे बैठा है। (इस समय अपनी इस समाधि में वह किसी प्रकार का विघ्न सहन नहीं कर सकता। यहाँ तक कि उसकी प्यारी 'माँ जी' भी जिसका वह बहुत आदर करता है और अपने जागीरदार पति से विच्छेद हो जाने के बाद से जिसके जीवन का वह एकमात्र सहारा है, वह भी उसके कमरे में प्रवेश करने का साहस नहीं कर सकतीं) कि एकाएक 'साहिर' पर दौरा-सा पड़ता है और वह चिल्लाता है—'चाय!'

और सुबह की इस आवाज़ के बाद दिन-भर, और मौक़ा मिले तो रात-भर, वह निरन्तर बोले चला जाता है। आध घण्टे से अधिक किसी जगह टिककर नहीं बैठ सकता और मित्रों-परिचितों का जमघटा तो उसके लिए दैवी वरदान से कम नहीं। उन्हें वह सिगरेट पर सिगरेट पेश करता है (गला अधिक ख़राब न हो इसलिए स्वयं सिगरेट के दो टुकड़े करके पीता है, लेकिन अक्सर दोनों टुकड़े एक-साथ पी जाता है)। चाय के प्यालों-के-प्याले उनके कण्ठ में उँड़ेलता है (स्वयं भी दो-चार

चख लेता है) और इस बीच में अपनी नज़्मों-ग़ज़लों के अलावा दर्जनों दूसरे शायरों के सैकड़ों शे'र, जो उसे अपनी नज़्मों-ग़ज़लों की ही तरह ज़बानी याद हैं, बड़ी दिलचस्प भूमिका के साथ सुनाता चला जाता है। अपनी नज़्म-ग़ज़लें और दूसरे शायरों का कलाम ही नहीं, उसे अपने जीवन की हर छोटी-बड़ी घटना याद है, अपने मित्रों और पत्र-पत्रिकाओं के सम्पादकों के पूरे-के-पूरे पत्र याद हैं। आज तक उसकी शायरी के पक्ष या विपक्ष में लिखी गई हर पंक्ति याद है। यहाँ तक कि बाल्यावस्था में देखी हुई मेडन थियेटर की 'इन्द्र-सभा' और 'शाह बहराम' नामक फ़िल्मों के पूरे-के-पूरे डायलॉग याद हैं।

और रात के दस, ग्यारह, बारह या एक बजे जब उसके मित्र-परिचित दूसरे दिन मिलने का वायदा करके एक-के-बाद-एक उसका साथ छोड़ जाते हैं और यद्यपि कम-से-कम एक धर्मयोद्धा[1] उस समय भी उसके साथ होता है, उसे बड़े कटु प्रकार का एकाकीपन महसूस होने लगता है और न जाने कहाँ से उसमें 'बोहीमियनिज़्म' के ऐसे भयंकर कीटाणु घुस आते हैं कि उसे संसार का प्रत्येक व्यक्ति अपने मुक़ाबले में तुच्छ बल्कि कीड़ा-मकोड़ा नज़र आने लगता है। उस समय दिन-भर का हँसमुख और सरल-स्वभाव 'साहिर' एकदम बदल जाता है। दिन-भर की बातें (जिनका उसे एक-एक शब्द याद हो चुका होता है) दोहरा-दोहरा कर वह अपने मित्रों की मूढ़ता और आत्म-श्लाघा पर (जिसकी सुबह वह प्रशंसा कर चुका होता है) व्यंग्य के तीर छोड़ता है। 'क्या पिट्ठी क्या पिट्ठी का शोरबा' कहकर उनका मज़ाक़ उड़ाता है और निश्चय करता है कि आइंदा वह कभी 'बुक़रात' क़िस्म के इन मित्रों पर अपना पैसा और समय बर्बाद नहीं करेगा। लेकिन दूसरे ही दिन जब उन मित्रों पर उसकी नज़र पड़ती है, वह लपककर उन्हें बाँहों में भर लेता है, उन्हें चाय के बजाए ह्विस्की पिलाता है, और डटकर खाना खिलाता है और उनकी मूढ़ता और आत्म-श्लाघा की प्रशंसा करके आप-ही-आप एक प्रश्नचिह्न बन जाता है।

यह प्रश्न-चिह्न रास्ता चलते-चलते कभी बहुत आगे निकल जाता है, कभी बहुत पीछे रह जाता है। एक ज़रा-सी बात पर उकता जाना, शरमा जाना, घबरा जाना उसका स्वभाव है। और जहाँ तक कोई निर्णय करने का सम्बन्ध है, जीवन की बड़ी-बड़ी समस्याएँ तो क्या, किसी मुशायरे में नज़्म या ग़ज़ल सुनाने से पहले

---

1. 'दीवारों के कान तो होते हैं पर ज़बान नहीं', इसलिए अपनी कभी समाप्त न होने वाली बातें सुनाने और हामी भरवाने के लिए 'साहिर' एक-आध मित्र को स्थायी रूप से अपने साथ रखता है, उसका पूरा ख़र्च उठाता है और सिवाय 'सुनने के कष्ट' के उसे और कोई कष्ट नहीं होने देता।

वह यह भी निर्णय नहीं कर पाता कि उस समय उसे क्या चीज़ सुनानी चाहिए। यहाँ तक कि किसी क़मीज़ पर वह कौन-सी पतलून पहने और नाश्ते में परांठे और आमलेट खाए या तोस-मक्खन—इसके लिए भी उसे अपने पास बैठे किसी 'स्थायी' या 'अस्थायी' मित्र की सहायता लेनी पड़ती है; और शायद इसीलिए वह अब तक शादी नहीं कर सका। दूसरों की पसन्द की हुई लड़कियाँ वह पसन्द नहीं करना चाहता और स्वयं पसन्द करने का सवाल ही पैदा नहीं होता।

'साहिर' की इन आदतों के कारण, जिन्हें मैं बनावट समझता था, कभी-कभी हम दोनों में ठन भी जाती थी। मैं महसूस करता कि वह मुझे मुफ़्तों-मुफ़्त 'धर्म-योद्धा' बनाए चला जा रहा है और मैं चूँकि क़ीमतन भी इसके लिए तैयार न था, इसलिए उसका मज़ाक़ उड़ाने और उसे नीचा दिखाने का कोई अवसर हाथ से न जाने देता था। वह अपनी किसी नज़्म की महानता मनवाने के लिए अभी भूमिका ही बाँध रहा होता कि मैं अपनी किसी लम्बी-चौड़ी कहानी का प्लाट सुनाकर चेखव, गोर्की या मोपासां से अपनी तुलना शुरू कर देता। वह लिबास के बारे में मेरी राय लेता तो बड़ी गम्भीरता से कपड़े छाँटकर मैं उसे अच्छा-ख़ासा कार्टून बना देता और नाश्ता तो मैंने उसे कई बार आइसक्रीम तक का भी करवाया। लेकिन धीरे-धीरे यह वास्तविकता मुझ पर प्रकट होती गई कि वह मज़ाक़ का नहीं दया का पात्र है। वे आदतें उसने स्वयं नहीं पालीं, खुदरौ पौधे की तरह खुद-ब-खुद पल गई हैं। और इनकी तह में काम करती हैं वे दुखद परिस्थितियाँ, जिनमें उसने आँखें खोलीं, परवान चढ़ा और जो अपने समस्त गुणों-अवगुणों के साथ उसके व्यक्तित्व का अंग बन गईं।

अब्दुलहयी 'साहिर' 1921 में लुधियाना के एक जागीरदार घराने में पैदा हुआ। माता के अतिरिक्त उसके पिता की कई पत्नियाँ और भी थीं। किन्तु एकमात्र सन्तान होने के कारण उसका पालन-पोषण बड़े लाड़-प्यार में हुआ। मगर अभी वह बच्चा ही था कि सुख-वैभव के उस जीवन के दरवाज़े एकाएक उस पर बन्द हो गए। पति की ऐय्याशियों से तंग आकर उसकी माता पति से अलग हो गई और चूँकि 'साहिर' ने कचहरी में पिता पर माता को प्रधानता दी थी, इसलिए उसके बाद पिता से और उसकी जागीर से उनका कोई सम्बन्ध न रहा और इसके साथ ही जीवन की ताबड़तोड़ कठिनाइयों और निराशाओं का दौर शुरू हो गया। ऐशो-आराम का जीवन छिन तो गया पर अभिलाषा बाक़ी रही। नौबत माता के ज़ेवरों के बिकने तक आ गई, पर दम्भ बना रहा और चूँकि मुक़दमा हारने पर पिता ने यह धमकी दे दी थी कि वह 'साहिर' को मरवा डालेगा या कम-से-कम माँ के पास न रहने देगा, इसलिए ममता

की मारी माँ ने रक्षक क़िस्म के ऐसे लोग 'साहिर' पर नियुक्त कर दिए जो क्षण-भर को भी उसे अकेला न छोड़ते थे। इस तरह घृणा-भाव के साथ-साथ उसके मन में एक विचित्र प्रकार का भय भी पनपता रहा। परिणामस्वरूप उसमें विभिन्न मानसिक उलझनें पैदा हो गईं। उसने प्रेम किया और निर्धनता, साहस के अभाव और सामाजिक बन्धनों के कारण विफल रहा और इसी कारण से कालेज से भी निकाल दिया गया; और फिर इच्छा और स्वभाव के प्रतिकूल उसे अपना और अपनी 'माँ जी' का पेट पालने के लिए तरह-तरह की छोटी-मोटी नौकरियाँ करनी पड़ीं। सिसक-सिसककर और सुलग-सुलगकर उसने दिनों को धक्के दिए। क़दम-क़दम पर हर्ष और विषाद में संघर्ष हुआ। यह संघर्ष बुद्धि और भावुकता में भी हुआ और जीवन और मृत्यु में भी; और यही वह संघर्ष था जिसने उसे एक साधारण विद्यार्थी से एकदम 'साहिर' बना दिया, और उसके मन-मस्तिष्क की सारी 'तल्ख़ियाँ' शे'रों का लिबास पहनकर बाहर निकल पड़ीं।

शायर की हैसियत से 'साहिर' ने उस समय आँख खोली जब 'इक़बाल' और 'जोश' के बाद 'फ़िराक़', 'फ़ैज़', 'मजाज़' आदि के नग़्मों से न केवल लोग परिचित हो चुके थे बल्कि शायरी के मैदान में इनकी तूती बोलती थी। ऐसे काल में, ज़ाहिर है, कोई भी नया शायर अपने इस सिद्धहस्त समकालीनों से प्रभावित हुए बिना न रह सकता था। अतएव 'साहिर' पर भी 'मजाज़' और 'फ़ैज़' का खासा प्रभाव पड़ा। बल्कि शुरू-शुरू में तो लोगों को उसकी शायरी पर फ़ैज़ के अनुकरण का सन्देह हुआ—वही नर्मो-नाज़ुक स्वर, वही शब्दों की सुन्दर तराश-ख़राश और वही नींद में डूबा हुआ वातावरण। लेकिन उसके व्यक्तिगत अनुभव आड़े आए, उस वर्ग के प्रति घृणा तथा विद्रोह की आप-ही-आप उमड़ी हुई विचारों की धारा काम आई, जिसका एक पात्र उसका पिता और दूसरा उसकी प्रेमिका का पिता था और सांसारिक दुःखों में तपकर निकली हुई चेतना ने उसे मार्ग सुझाया और लोगों ने देखा कि 'फ़ैज़' या 'मजाज़' का अनुकरण करने के बजाए 'साहिर' की रचनाओं पर उसके व्यक्तिगत अनुभवों की छाप है और उसका अपना एक अलग रंग भी है। यह 'साहिर' की व्यक्तिगत परिस्थतियाँ ही उससे कहलवा सकती थीं कि :

> *मैं उन अज़दाद का[1] बेटा हूँ जिन्होंने पैहम[2]*
> *अजनबी क़ौम के साए की हिमायत की है*
> *ग़दर की साअते-नापाक[3] से लेकर अब तक*
> *हर कड़े वक़्त में सरकार की ख़िदमत की है*

---

1. बुज़ुर्गों का 2. निरन्तर 3. अपवित्र घड़ी।

और यह भी उसी की मनःस्थति थी जो शब्दों के इस चित्र में प्रकट हुई :

न कोई ज़ादा[1], न मंज़िल, न रोशनी, न सुराग़

भटक रही है ख़लाओं[2] में ज़िन्दगी मेरी

इन्हीं ख़लाओं में रह जाऊँगा कभी खोकर

मैं जानता हूँ मेरी हमनफ़स[3] मगर यूँ ही

कभी-कभी मेरे दिल में ख़याल आता है!

कि ज़िन्दगी तिरी ज़ुल्फ़ों की नर्म छाओं में

गुज़रने पाती तो शादाब हो भी सकती थी

ये तीरगी[4] जो मिरी ज़ीस्त का[5] मुक़द्दर[6] है

तेरी नज़र की शुआओं में खो भी सकती थी।

और मैं समझता हूँ कि 'साहिर' को जो अपने बहुत-से समकालीन शायरों से अलग और उच्च स्थान प्राप्त हुआ, उसका बुनियादी कारण उसके यही अनुभव और प्रेक्षण हैं, जिनमें किसी प्रकार का मिश्रण करने की बजाए (कलात्मक शृंगार के अतिरिक्त) उसने उन्हें ज्यों-का-त्यों प्रस्तुत किया। प्रेम के दुख-दर्द के अलावा समाज के प्रति जो विष तथा कटुता हमें उसकी शायरी में मिलती है, वह माँगे-ताँगे की नहीं, उसके अपने ही जीवन की प्रतिध्वनि है।

'साहिर' मौलिक रूप से रोमाण्टिक शायर है। प्रेम की असफलता ने उसके दिलो-दिमाग़ पर इतनी कड़ी चोट लगाई कि जीवन की अन्य चिन्ताएँ पीछे जा पड़ीं। राहों में 'हरीरी-मलबूस[7]' देखकर 'सर्द आहों' में अपनी प्रेमिका को याद करने के सिवाय उसे कुछ सूझता ही न था। हर समय उसे अपनी आँखों पर अपनी प्रेमिका की झुकी हुई पलकों का साया महसूस होता और वह तड़प-तड़पकर उससे पूछने लगता :

मेरे ख़्वाबों के झरोकों को सजाने वाली

तेरे ख़्वाबों में कहीं मेरा गुज़र है कि नहीं

पूछकर अपनी निगाहों से बता दे मुझको

मेरी रातों के मुक़द्दर में[8] सहर[9] है कि नहीं

---

1. मार्ग 2. शून्य 3. सहचर 4. अँधेरा 5. जीवन का 6. भाग्य 7. रेशमी वस्त्र 8. भाग्य में
9. सुबह

और

> *मेरी दरमांदा[1] जवानी की तमन्नाओं के*
> *मुज़महिल ख़्वाब[2] की ता'बीर[3] बता दे मुझको*
> *तेरे दामन में गुलिस्तां भी हैं वीराने भी*
> *मेरा हासिल, मेरी तक़्दीर बता दे मुझको*

और सम्भव है कि आयु-भर अपनी प्रेमिका से वह इसी प्रकार के प्रश्न करता रहता और उचित उत्तर न पाने पर निराशा तथा शोक की घनी और घिनौनी छाँव में जा आश्रय लेता और नारी के प्रेम से शुरू होने वाली उसकी शायरी नारी के प्रेम तक ही सीमित रह जाती, लेकिन बार-बार प्रश्न करने पर भी जब उसे कोई दो-टूक उत्तर न मिला, बल्कि हर उत्तर नए प्रश्न के रूप में सामने आने लगा तो इस तकरार से घबराकर उसने सोचने की आदत डाली। ऐसा क्यों हुआ? ऐसा क्यों होता? और वह इस परिणाम पर आ पहुँचा कि ऐसा नहीं होना चाहिए। और यों उसका व्यक्तिगत प्रेम विभिन्न मंज़िलें तय करता हुआ अन्त में उस बिन्दु पर पहुँच गया जहाँ व्यक्तिगत-प्रेम सामूहिक-प्रेम में बदल जाता है और शायर अपनी प्रेमिका का ही नहीं मानव-मात्र का आशिक़ बन जाता है और—

> *तुझको ख़बर नहीं मगर इक सादा-लौह को*
> *बर्बाद कर दिया तेरे दो दिन के प्यार ने*

कहते-कहते पहले वह अपनी प्रेमिका से दबी आवाज़ में कहता है—

> *मैं और तुम से तर्के-मुहब्बत[4] की आरज़ू*
> *दीवाना कर दिया है ग़मे-रोज़गार ने[5]*

और फिर बड़े स्पष्ट शब्दों में कह उठता है :

> *तुम्हारे ग़म के सिवा और भी तो ग़म हैं मुझे*
> *नजात[6] जिनसे मैं इक लमहा[7] पा नहीं सकता*
> *ये ऊँचे-ऊँचे मकानों की ड्योढ़ियों के तले*
> *हर एक गाम[8] पे भूखे भिकारियों की सदा[9]*

---

1. विवश 2. शिथिल स्वप्न 3. स्वप्न फल 4. प्रणय-विच्छेद 5. सांसारिक चिन्ताओं ने 6. मुक्ति
7. क्षण-भर को भी 8. पग-पग पर 9. आवाज़, पुकार

ये कारख़ानों में लोहे का शोरो-ग़ुल जिसमें
है दफ़्न लाखों ग़रीबों की रूह का नग़्मा
गली-गली में ये बिकते हुए जवां चेहरे
हसीन आँखों में अफ़्सुर्दगी[1]-सी छाई हुई
ये शो'लावार फ़ज़ाएँ,[2] ये मेरे देश के लोग
ख़रीदी जाती हैं उठती जवानियाँ जिनकी

....

ये ग़म बहुत हैं मेरी ज़िन्दगी मिटाने को
उदास रहके मेरे दिल को और रंज न दो
तुम्हारे ग़म के सिवा और भी तो ग़म हैं मुझे

और यहीं पर बस नहीं, उसकी घायल आत्मा ने ज्यों-ज्यों उसे तड़पाया, उसमें
इन 'ग़मों' से जूझने, इन पर विजय पाने और इन्हें सुखों में परिवर्तित करने की
ज़िद-सी पैदा हो गई। और अपनी इसी ज़िद में उसने उन समस्त विषयों को
पकड़ में लेने का प्रयत्न किया जो उसके और इस शताब्दी के समक्ष हैं। यद्यपि
कुछेक को शायरी का वैसा सुन्दर लिबास पहनाने में वह इतना सफल नहीं हुआ,
जितना अपने विशेष विषय 'प्रेम' को, और कहीं-कहीं तो भावावेश में वह अपनी
सीमाओं से इतना बाहर निकल गया कि आश्चर्य होता है, जीवन-भर स्वयं को
शायर मनवाने का प्रयत्न करने वाला 'साहिर' क्यों इस बात का आग्रह कर रहा
है कि 'लोग मुझे फ़नकार न मानें' और जब उसने प्रतिज्ञा की कि :

आज से ऐ मज़दूर किसानो! मेरे राग तुम्हारे हैं
फ़ाक़ाकश इन्सानो! मेरे जोग-बिहाग तुम्हारे हैं
और
आज से मेरे फ़न का मक़्सद ज़ंजीरें पिघलाना है
आज से मैं शबनम के बदले अंगारे बरसाऊँगा

तो सन्देह-सा हुआ कि क्या सचमुच 'साहिर' इतनी कड़ी प्रतिज्ञा कर रहा है और
क्या स्थायी रूप से वह अपनी इस प्रतिज्ञा पर दृढ़ रह सकेगा? क्या अब वह
कभी ऐसे गीत न गाएगा जिनमें—

...उम्मीद भी थी पसपाई भी
मौत के क़दमों की आहट भी, जीवन की अंगड़ाई भी

____

1. उदासी 2. आग बरसाता हुआ वातावरण

मुस्तक़बिल की किरणें भी थीं हाल की बोझल ज़ुल्मत[1] भी
तूफ़ानों का शोर भी था और ख़्वाबों की शहनाई भी

यानी जीवन का एक पहलू ही नहीं समस्त रंग विद्यमान रहेंगे।

सौभाग्य से 'साहिर' उर्दू ग़ज़ल का परम्परागत माशूक़ सिद्ध होता है। और अपने वायदे से फिर जाता है। फिरता नहीं तो दामन ज़रूर बचाता है और यहाँ-वहाँ दो-चार जल्वे दिखाने के बाद वापस अपने बुतख़ाने या सीमाओं में लौट आता है। उसे अनुभव हो जाता है कि उसका काम 'परचम[2] लहराना' नहीं 'बरबत पर गाना' है[3]।

'साहिर' की शायरी पर बहस करते हुए उर्दू के एक शायर 'कैफ़ी' आज़मी ने, जिन्हें कम्युनिस्ट पार्टी के एक ज़िम्मेदार नेता ने उर्दू शायरी का 'सुर्ख़ फूल' कहा था, 'साहिर' के बरबत पर गाने और साथी के परचम लहराने पर आक्षेप करते हुए एक स्थान पर लिखा था कि भावना और कर्म के इसी भेद ने 'साहिर' के जीवन में अराजकता और कला में उदासीनता पैदा कर दी है। इस प्रकार के कुछ और परिणाम भी उन्होंने निकाले थे और इस स्वीकारोक्ति के बावजूद कि 'साहिर' मौलिक रूप से प्रगतिशील और प्रगतिशील शक्तियों का साथी है', उन्होंने इस ढंग से 'साहिर' को एकसाथ परचम लहराने और बरबत पर गाने का परामर्श दिया था कि मालूम होता था, उनकी नज़र में बरबत का उतना महत्त्व नहीं, जितना कि परचम का।

परचम का अपना महत्व है और बरबत का अपना, और इतिहास साक्षी है कि बरबत बजानेवाले हाथों ने जब भावावेश में आकर, या किसी भी कारण से, बरबत के साथ-साथ परचम उठाने का प्रयत्न किया तो बरबत भी टूट गया और परचम भी न लहरा सका। और यह तो सरासर ग़लत प्रवृत्ति है कि केवल मज़दूरों और किसानों के बारे में लिखकर ही कोई लेखक अपने-आपको प्रगतिशील लेखक कहलवाने का अधिकारी बन जाए। हमारा समाज विभिन्न वर्गों में विभाजित है और हमारे कलाकार अलग-अलग वर्गों से आए हैं। यदि कोई लेखक किसी कारण से अपनी सीमाओं से बाहर नहीं निकल पाता, लेकिन मानसिक रूप से प्रौढ़ है, तो अपनी सीमाओं में रहते हुए भी वह स्वस्थ, आदर्शवादी तथा

---

1. अंधकार   2. झण्डा
3. तुमसे क़ुव्वत लेकर अब मैं तुमको राह दिखाऊँगा
   तुम परचम लहराना साथी, मैं बरबत पर गाऊँगा

प्रगतिशील-साहित्य की रचना कर सकता है। बुर्जुवा और ऊँचे मध्य वर्ग का लेखक अपने वर्ग की बेअमली और बेराहरवी दर्शा कर उतना ही बड़ा कार्य सिद्ध कर सकता है, जितना कि वर्ग-संघर्ष में सीधा योग देने वाला मज़दूर या किसान। इसके प्रतिकूल अपनी सीमाओं में रहते हुए यदि कोई कवि या लेखक, फ़ैशन के तौर पर, यह जाने बिना कि कपड़ा बुनने की मशीन के पास मज़दूर खड़ा होकर काम करता है या लेटकर, या धान किस ऋतु में बोया जाता है और गेहूँ की बालियों का क्या रंग होता है, मज़दूर और किसान पर क़लम उठाएगा तो उसकी रचना में वे गुण न आ पाएँगे जो अनुभव और प्रेक्षण पर आधारित और अनिवार्य रूप से महान साहित्य की नींव होते हैं। सौभाग्य से 'साहिर' सामूहिक रूप से हमें वही देता है जो 'तजुरबातो-हवादिस' की शक्ल में दुनिया ने उसे दिया।

पिछले तीस वर्षों से 'साहिर' बम्बई में है और 'कैफ़ी' आज़मी ही के कथनानुसार आज कल फ़िल्मी दुनिया पर जितने ख़तरे मंडरा रहे हैं, 'साहिर' उन सबसे शदीद है। मालूम नहीं फ़िल्मी गीत लिखते-लिखते वह कब प्रोड्यूसर या डायरेक्टर बन जाए (क्योंकि आज उसके पास शानदार कारें भी हैं और बंगले भी और नज़्में लिखना उसने बहुत हद तक छोड़ दिया है), लेकिन 'कैफ़ी' आज़मी की ही तरह जब मैं पहली बार 'साहिर' से मिला था तो वह केवल शायर था और जब अन्तिम बार मिलूँगा तो भी वह केवल शायर ही होगा क्योंकि अभी तक अपने पहनने के वस्त्रों का वह स्वयं चुनाव नहीं कर पाता और उसे जितनी अधिक ख्याति प्राप्त हो रही है, उससे कहीं अधिक वह यह महसूस कर रहा है कि शायर की हैसियत से उसकी लोकप्रियता कम हो रही है।

...अन्तिम बार मैं 'साहिर' से 1978 में तब मिला था जब उसकी 'माँ जी' का, जो मुझे भी अपना बेटा मानती थीं, देहान्त हुआ था और 'साहिर' पर दिल का पहला दौरा पड़ा था और वह फ़िल्मी गीत लिखने का धन्धा छोड़कर आराम और शायरी करने पर विचार कर रहा था...

...और उसके बारे में अन्तिम समाचार मुझे 26 अक्तूबर, 1980 की सुबह को साढ़े पाँच बजे टेलिफोन पर यह मिला कि पिछली शाम दिल का दौरा पड़ने से मेरे प्रिय मित्र का देहान्त हो गया है।

'ख़ुदा बख़्शे बहुत-सी ख़ूबियाँ थीं मरने वाले में!'

—प्रकाश पंडित

नज़्में

मता-ए-ग़ैर[1]

मेरे ख़्वाबों के झरोकों को सजानेवाली
तेरे ख़्वाबों में कहीं मेरा गुज़र है कि नहीं
पूछकर अपनी निगाहों से बता दे मुझको
मेरी रातों के मुक़द्दर[2] में सहर[3] है कि नहीं

चार दिन की ये रफ़ाक़त[4] जो रफ़ाक़त भी नहीं
उम्र भर के लिए आज़ार[5] हुई जाती है
ज़िन्दगी यूँ तो हमेशा से परेशान-सी थी
अब तो हर साँस गिरां-बार[6] हुई जाती है

मेरी उजड़ी हुई नींदों के शबिस्तानों में[7]
तू किसी ख़्वाब के पैकर[8] की तरह आई है
कभी अपनी-सी, कभी ग़ैर नज़र आती है
कभी इख़्लास[9] की मूरत, कभी हरजाई है

प्यार पर बस तो नहीं है मिरा, लेकिन फिर भी
तू बता दे कि तुझे प्यार करूँ या न करूँ
तूने खुद अपने तबस्सुम से[10] जगाया है जिन्हें
उन तमन्नाओं का इज़्हार[11] करूँ या न करूँ

---

1. ग़ैर की सम्पत्ति 2. भाग्य 3. प्रभात 4. साथ 5. रोग 6. असह्य, बोझिल 7. शयनागारों में 8. शरीर 9. निःस्वार्थता 10. मुस्कराहट से 11. प्रकटन

तू किसी और के दामन की कली है, लेकिन
मेरी रातें तेरी खुशबू से बसी रहती हैं
तू कहीं भी हो तेरे फूल-से आरिज़ की[1] क़सम
तेरी पलकें मेरी आँखों पे झुकी रहती हैं

तेरे हाथों की हरारत[2], तेरे साँसों की महक
तैरती रहती है एहसास की[3] पहनाई में[4]
ढूँढ़ती रहती हैं तख़ईल की[5] बाँहें तुझको
सर्द रातों की सुलगती हुई तन्हाई में

तेरा अल्ताफ़ो-करम[6] एक हक़ीक़त[7] है, मगर
ये हक़ीक़त भी हक़ीक़त में फ़साना[8] ही न हो
तेरी मानूस निगाहों का[9] ये मोहतात पयाम[10]
दिल के ख़ूँ करने का एक और बहाना हीन हो

कौन जाने मिरे इमरोज़ का[11] फ़र्दा[12] क्या है
क़ुर्बतें[13] बढ़के पशेमान[14] भी हो जाती हैं
दिल के दामन से लिपटती हुई रंगीं नज़रें
देखते-देखते अनजान भी हो जाती हैं

मेरी दरमांदा[15] जवानी की तमन्नाओं के
मुज्महिल[16] ख़्वाब की ता'बीर[17] बता दे मुझको
तेरे दामन में गुलिस्तां भी हैं, वीराने भी
मेरा हासिल[18] मेरी तक़्दीर बता दे मुझको

---

1. गालों की 2. गर्मी 3. अनुभूति की 4. विस्तीर्णता में 5. कल्पना की 6. कृपा, अनुकम्पा
7. वास्तविकता 8. कहानी 9. प्रेमपूर्ण 10. आमंत्रण 11. आज का 12. कल 13. सामीप्य,
प्रेम 14. लज्जित 15. विवश 16. आकुल 17. स्वप्न फल 18. प्राप्ति

एक मुलाक़ात

तिरी तड़प से न तड़पा था मेरा दिल, लेकिन
तिरे सुकून से बेचैन हो गया हूँ मैं
ये जानकर तुझे क्या जाने कितना ग़म पहुँचे
कि आज तेरे ख़यालों में खो गया हूँ मैं

किसी की होके तू इस तरह मेरे घर आई
कि जैसे फिर कभी आए तो घर मिले न मिले
नज़र उठाई, मगर ऐसी बे-यक़ीनी से
कि जिस तरह कोई पेशे-नज़र[1] मिले न मिले

तू मुस्कुराई, मगर मुस्कुरा के रुक सी गई
कि मुस्कुराने से ग़म की ख़बर मिले न मिले
रुकी तो ऐसे, कि जैसे तिरी रयाज़त[2] को
अब इस समर[3] से जियादा समर मिले न मिले

गई तो सोग में डूबे कदम ये कह के गए
सफर है शर्त, शरीके-सफ़र[4] मिले न मिले

तिरी तड़प से न तड़पा था मेरा दिल, लेकिन
तिरे सुकून से बेचैन हो गया हूँ मैं
ये जानकर तुझे क्या जाने कितना ग़म पहुँचे
कि आज तेरे ख़यालों में खो गया हूँ मैं

---

1. सामने उपस्थित 2. तपस्या 3. फल 4. हमसफ़र

यकसूई[1]

अहदे-गुमगश्ता[2] की तस्वीर दिखाती क्यों हो
एक आवारा-ए-मंज़िल[3] को सजाती क्यों हो
वो हसीं अहद[4] जो शर्मिन्दा-ए-ईफ़ा[5] न हुआ
उस हसीं अहद का मफ़हूम[6] जताती क्यों हो

ज़िंदगी शोला-ए-बेबाक[7] मना लो अपनी
खुद को ख़ाकस्तरे-ख़मोश[8] बनाती क्यों हो
मैं तसव्वुफ के मराहिल[9] का नहीं हूँ कायल
मेरी तस्वीर पे तुम फूल चढ़ाती क्यों हो

कौन कहता है कि आहें हैं मसाइब[10] का इलाज
जान को अपनी अबस[11] रोग लगाती क्यों हो
एक सरकश से मुहब्बत की तमन्ना रख कर
खुद को आईन[12] के फंदे में फँसाती क्यों हो

मैं समझता हूँ तक़द्दुस को तमद्दुन का फ़रेब[13]
तुम रसूमात[14] को ईमान बनाती क्यों हो
जब तुम्हें मुझसे ज़ियादा है ज़माने का ख़याल
फिर मिरी याद में यूँ अश्क बहाती क्यों हो...

तुममें हिम्मत है तो दुनिया से बगावत कर दो
वर्ना माँ-बाप जहाँ कहते हैं शादी कर लो!

---

1. फुर्सत 2. बीता ज़माना 3. लक्ष्यहीन 4. प्रण या वचन 5. पूरा न हुआ 6. मतलब, आशय
7. दहकता हुआ अंगारा 8. ख़ामोश राख 9. आध्यात्मिक सोच 10. मुसीबतों 11. बेकार 12.
क़ायदा-क़ानून 13. पवित्रता को सामाजिक ढोंग मानता हूँ 14. रस्मों को

सरज़मीने-यास[1]

जीने से दिल बेज़ार है
हर साँस इक आज़ार[2] है
कितनी हज़ीं[3] है ज़िंदगी
अंदोह-गीं[4] है ज़िंदगी

वो बज़्मे-अहबाबे - वतन[5]
वो हमनवायाने - सुखन[6]
आते हैं जिस दम याद अब
करते हैं दिल नाशाद अब

गुज़री हुई रंगीनियाँ
खोई हुई दिलचस्पियाँ
पहरों रुलाती हैं मुझे
अक्सर सताती हैं मुझे

वे ज़मज़मे, वो चहचहे
वो रूह-अफ़ज़ा क़हकहे
जब दिल को मौत आई न थी
यूँ बेहिसी छाई न थी

वो नाज़नीनाने - वतन
ज़ोहरा - जबीनाने - वतन
जिनमें से इक रंगी क़बा[7]
आतिश-नफ़स, आतिशनवा[8]

---

1. निराशा की स्थिति 2. तकलीफ़ 3-4. शोकाकुल 5. वतन के दोस्तों की महफ़िल 6. साहित्यिक साथी 7. रंगीन लिबास वाली 8. बहुत तेज़

करके   मुहब्बत   आश्ना
रंगे - अकीदत - आश्ना
मेरे   दिले-नाकाम   को
ख़ूँगश्ता-ए-आलाम[1]   को,
दाग़े-जुदाई   दे   गई
सारी   खुदाई   ले   गई

उन साअतों की याद में
उन राहतों की याद में
मग़मूम-सा   रहता   हूँ   मैं
ग़म की कसक सहता हूँ मैं
सुनता हूँ जब अहबाब से
किस्से   ग़मे-अय्याम   के
बेताब   हो   जाता   हूँ   मैं
आहों   में   खो   जाता   हूँ   मैं

फिर वो अज़ीज़ो-अक़रबा[2]
जो तोड़ कर अहदे-वफ़ा
अहबाब से मुँह मोड़ कर
दुनिया से रिश्ता तोड़ कर
हद्दे-उफ़क से उस तरफ़[3]
रंगे-शफ़क़ से उस तरफ़[4]
इक   वादिए-ख़ामोश   की
इक   आलमे-बेहोश   की
गहराइयों   में   सो   गए
तारीकियों   में   खो   गए

---

1. दुखों से प्रताड़ित 2. प्रियजन और मित्र 3. क्षितिज के पार 4. भोर की लालिमा के पार

उनका तसव्वुर नागहाँ
लेता है दिल में चुटकियाँ

और ख़ूँ रुलाता है मुझे
बेकल बनाता है मुझे

वो गाँव की हमजोलियाँ
मफ़लूक दहकाँ-जादियाँ[1]

जो दस्ते-फ़र्ते-यास से[2]
और यूरिशे-इफ़लास से[3]

इस्मत लुटा कर रह गई
खुद को गवाँ कर रह गई

ग़मगीं जवानी बन गई
रुस्वा कहानी बन गई

उनसे कभी गलियों में अब
होता हूँ मैं दो-चार जब

नज़रें झुका लेता हूँ मैं
खुद को छुपा लेता हूँ मैं

कितनी हज़ीं हैं ज़िंदगी!
अंदोह-गीं है ज़िंदगी!!

---

1. गरीब किसानों की बेटियाँ 2-3. बेहद निराशा और ग़रीबी की मार से

रद्दे-अमल[1]

चन्द कलियाँ नशात की[2] चुनकर
मुद्दतों महवे-यास[3] रहता हूँ
तेरा मिलना खुशी की बात सही
तुझसे मिलकर उदास रहता हूँ

एक मंज़र

उफ़ुक़ के[4] दरीचे से किरणों ने झाँका
फ़ज़ा[5] तन गई रास्ते मुस्कराए
सिमटने लगी नर्म कुहरे की चादर
जवाँ शाख़सारों ने[6] घूँघट उठाए
परिंदों की आवाज़ से खेत चौंके
पुर-असरार[7] लय में रहट गुनगुनाए
हसीं शबनम-आलूद[8] पगडण्डियों से
लिपटने लगे सब्ज़ पेड़ों के साए

वो दूर एक टीले पे आँचल-सा झलका
तसव्वुर में[9] लाखों दीये झिलमिलाए

---

1. प्रतिक्रिया 2. हर्ष की 3. निराशा में मग्न 4. क्षितिज के 5. वातावरण 6. जवान वृक्ष-पुंजों ने 7. रहस्यपूर्ण 8. ओस-भरी 9. कल्पना में

एक वाक़िया

अँधियारी रात के आँगन में ये सुबह के क़दमों की आहट
ये भीगी-भीगी सर्द हवा, ये हल्की-हल्की धुँधलाहट

गाड़ी में हूँ तन्हा मह्वे-सफ़र[1] और नींद नहीं है आँखों में
भूले-बिसरे रूमानों के ख़्वाबों की ज़मीं है आँखों में

अगले दिन हाथ हिलाते हैं पिछली पीतें[2] याद आती हैं
गुमगश्ता[3] खुशियाँ आँखों में आँसू बनकर लहराती हैं

सीने के वीरां गोशे में इक टीस-सी करवट लेती है
नाकाम उमंगें रोती हैं उम्मीद सहारे देती है

वो राहें ज़ेहन में[4] घूमती हैं जिन राहों से आज आया हूँ
कितनी उम्मीद से पहुँचा था, कितनी मायूसी लाया हूँ

---

1. अकेला सफर करता हुआ 2. प्रीत का लोकभाषा में प्रचलित रूप 3. गुम हो चुकी 4. दिमाग में

शाहकार[1]

मुसव्विर![2] मैं तिरा शाहकार वापस करने आया हूँ

अब इन रंगीन रुख़सारों में[3] थोड़ी ज़र्दियाँ भर दे
हिजाब-आलूद[4] नज़रों में ज़रा बेबाकियाँ भर दे

लबों की[5] भीगी-भीगी सलवटों को मुज़्महिल[6] कर दे
नुमायाँ रंगे-पेशानी पे[7] अक्से-सोज़े-दिल[8] कर दे

तबस्सुम-आफ़रीं[9] चेहरे में कुछ संजीदापन भर दे
जवां सीने की मख़रूती[10] उठाने सरनिगूं[11] कर दे

घने बालों को कम कर दे मगर रुख़शिंदगी[12] दे दे
नज़र से तम्कनत[13] लेकर मज़ाक़े-आजिज़ी[14] दे दे

मगर हाँ बेंच के बदले इसे सोफ़े पे बिठला दे
यहाँ मेरी बजाय इक चमकती कार दिखला दे

---

1. कलाकृति 2 चित्रकार 3. कपोलों में 4. लज्जाशील 5. होंठों की 6. व्याकुल 7. माथे के रंग पर 8. हृदय की जलन का प्रतिबिम्ब 9. मुस्कराते 10. गोल तथा नुकीली 11. झुकी हुई 12. चमक 13. अभिमान 14. विनयशीलता

ख़ाना-आबादी
(एक दोस्त की शादी पर)

तराने गूँज उठे हैं फ़ज़ा में शादियानों के
हवा है इत्र-आगीं[1], ज़र्रा-ज़र्रा मुस्कराता है

मगर दूर एक अफ़सुर्दा[2] मकां में सर्द बिस्तर पर
कोई दिल है कि हर आहट पे यूँ ही चौंक जाता है

मेरी आँखों में आँसू आ गए 'नादीदह आँखों' के[3]
मेरे दिल में कोई ग़मग़ीन नग़्मा सरसराता है

ये रस्मे-इन्क़िताए-अहदे-उल्फ़त[4], ये हयाते-नौ[5]
मोहब्बत रो रही है, और तमद्दुन[6] मुस्कराता है

ये शादी ख़ाना-आबादी हो, मेरे मोहतरिम[7] भाई
'मुबारक' कह नहीं सकता, मेरा दिल काँप जाता है

---

1. सुगन्धित 2. उदास 3. अनदेखी आँखों के 4. प्रेम-काल की समाप्ति की रीति 5. नवजीवन
6. संस्कृति 7. आदरणीय

शिकस्त

अपने सीने से लगाए हुए उमीद की लाश
मुद्दतों ज़ीस्त को[1] नाशाद[2] किया है मैंने
तूने तो एक ही सदमे से किया था दो-चार
दिल को हर तरह से बर्बाद किया है मैंने

जब भी राहों में नज़र आए हरीरी-मलबूस[3]
सर्द आहों में तुझे याद किया है मैंने

और अब जबकि मेरी रूह की पहनाई में[4]
एक सुनसान-सी मग़्मूम[5] घटा छाई है
तू दमकते हुए आरिज़ की[6] शुआएँ[7] लेकर
गुलशुदा[8] शमएँ जलाने को चली आई है

मेरी महबूब, ये हंगामा-ए-तजदीदे-वफ़ा[9]
मेरी अफ़सुर्दा[10] जवानी के लिए रास नहीं
मैंने जो फूल चुने थे तेरे क़दमों के लिए
उनका धुँधला-सा तसव्वुर[11] भी मेरे पास नहीं

एक यख़बस्ता[12] उदासी है दिलों-जां पे मुहीत[13]
अब मेरी रूह में बाक़ी है न उमीद न जोश

---

1. जीवन को 2. खिन्न 3. रेशमी लिबास 4. आत्मा की विस्तीर्णता में 5. दुखी 6. कपोलों का 7. रश्मियाँ 8. बुझी हुई 9. प्रेम के नवीकरण का हंगामा 10. उदास, बुझी हुई 11. कल्पना 12. बर्फ़ की तरह जमी हुई 13. छाई हुई

रह गया दब के गिरांबार सलासिल के[1] तले
मेरी दरमांदा[2] जवानी के उमंगों का ख़रोश[3]

रेगज़ारों में[4] बगूलों के सिवा कुछ भी नहीं
साया-ए-अब्रे-गुरेज़ां से[5] मुझे क्या लेना
बुझ चुके हैं मिरे सीने में मोहब्बत के कंवल
अब तिरे हुस्ने-पशेमां से[6] मुझे क्या लेना

तेरे आरिज़ पे ये ढलके हुए सीमीं[7] आँसू
मेरी अफ़्सुर्दगी-ए-ग़म का[8] मुदाबा[9] तो नहीं
तेरी महजूब निगाहों का[10] पयामे-तजदीद[11]
इकतलाफ़ी[12] ही सही, मेरी तमन्ना तो नहीं

---

1. बोझिल ज़ंजीरों के 2. विवश 3. जोश 4. मरुस्थलों में 5. भागते हुए बादल की छाया से
6. लज्जित सौन्दर्य से 7. रजत 8. ग़म की उदासी का 9. इलाज 10. लज्जित नज़रों का
11. नवीकरण-सन्देश 12. क्षतिपूर्ति

नाकामी

मैंने हरचंद ग़मे-इश्क़ को खोना चाहा
ग़मे-उल्फ़त, ग़मे-दुनिया में समोना चाहा...

वही अफ़साने मिरी सिम्त[1] रवाँ हैं अब तक
वही शोले मेरे सीने में निहाँ[2] हैं अब तक
वही बेसूद ख़लिश[3] है मेरे सीने में हनोज़[4]
वही बेकार तमन्नाएँ जवाँ हैं अब तक
वही गेसू मिरी रातों पे हैं बिखरे-बिखरे
वहीं आँखें मिरी जानिब निगराँ हैं[5] अब तक

कसरते-ग़म भी मेरे ग़म का मुदावा[6] न हुई
मेरे बेचैन ख़यालों को सुकूँ मिल न सका
दिल ने दुनिया के हर इक दर्द को अपना तो लिया
मुज़्महिल रूह[7] को अंदाज़े-जुनूँ[8] मिल न सका

मेरी तख़ईल का शीराज़ा-ए-बरहम है वही[9],
मेरे बुझते हुए अहसास का आलम है वही

वही बेजान इरादे, वही बेरंग सवाल!
वही बेरूह कशाकश, वही बेचैन ख़याल!!

आह, इस कश्मकशे-सुब्हो-मसा का अंजाम[10]
मैं भी नाकाम, मिरी सई-ए-अलम[11] भी नाकाम

---

1. ओर 2. छिपे या दबे हुए 3. व्यर्थ की चुभन 4. अब तक 5. निहारती हैं 6. दवा, इलाज
7. व्याकुल आत्मा 8. जुनून का अंदाज 9. मेरी कल्पनाशीलता वैसी ही बिखरी-बिखरी हुई
है 10. सुबह शाम की कश्मकश का परिणाम 11. कार्यशैली

मैं नहीं तो क्या

मिरे लिए ये तकल्लुफ़, ये दुख, ये हस्रत क्यूँ
मिरी निगाहे-तलब[1] आख़िरी निगाह न थी
हयातज़ारे-जहाँ की तवील राहों में[2]
हज़ार दीदा-ए-हैराँ फ़ुसूँ बिखेरेंगे[3]
हज़ार चश्मे-तमन्ना बनेंगी दस्ते-सवाल
निकल के ख़ल्वते, ग़म से नज़र उठाओ तो!
वही शफ़क़[4] है, वही जौ[5] है, मैं नहीं तो क्या?

मिरे बग़ैर भी तुम कामयाबे-इशरत[6] थीं
मिरे बग़ैर भी आबाद थे निशातकदे[7]
मिरे बग़ैर भी तुमने दिए जलाए हैं,
मिरे बग़ैर भी देखा है ज़ुल्मतों का नज़ूल[8]
मिरे न होने से उम्मीद का ज़ियाँ[9] क्यूँ हो?
बढ़ी चलो मये-इशरत के जाम छलकाती
तुम्हारी सेज, तुम्हारे बदन के फूलों पर
उसी बहार का परतौ[10] है, मैं नहीं तो क्या?

---

1. चाहत-भरी नज़र, 2. ज़िंदगी से भरपूर दुनिया की लम्बी राहों में, 3. आश्चर्य से भरी हज़ारों आँखें जादू बिखेरेंगी, 4. भोर, 5. चमक, 6. सुख-समृद्धि से भरपूर, 7. दिल बहलाने की जगहें, 8. उमड़ते-घिरते हुए अँधेरे, 9. बरबादी, 10. छाया, प्रतिबिम्ब

मिरे लिए ये उदासी, ये सोग क्यूँ आख़िर?
मलीह चेहरे पे गर्दे-फ़ुसुर्दगी कैसी?[1]
बहारे-गाज़ा से आरिज़ को ताज़गी बख़्शो[2]
अलील आँखों में[3] काजल लगाओ, रंग भरो
सियाह जूड़े में कलियों की कहकशाँ[4] गूँथो,
हज़ार हाँफते सीने, हज़ार काँपते लब
तुम्हारी चश्मे-तवज्जो के मुंतज़िर हैं[5] अभी
जिलों में नग़्मा-ओ-रंगो-बहारो-नूर लिए
हयात गर्चे-तगो-दौ है,[6] मैं नहीं तो क्या?

---

1. सलोने चेहरे पर उदासी की धूल क्यूँ है? 2. कपोलों यानी गालों को रूज-पाउडर से ताज़ा करो 3. बीमार जैसी दिखती आँखों में 4. आकाशगंगा 5. तुम्हारी कृपा-दृष्टि के इच्छुक हैं 6. ज़िंदगी अपने साथ गीत, रंगीनी, बहार और चमक लिए हुए भाग-दौड़ में व्यस्त है, यानी गतिशील है

किसी को उदास देखकर

तुम्हें उदास-सी पाता हूँ मैं कई दिन से
न जाने कौन-से सदमे उठा रही हो तुम
वो शोख़ियाँ, वो तबस्सुम, वो क़हक़हे न रहे
हर एक चीज़ को हसरत से देखती हो तुम
छुपा-छुपा के ख़मोशी में अपनी बेचैनी
खुद अपने राज़ की तशहीर[1] बन गई हो तुम

मेरी उमीद अगर मिट गई तो मिटने दो
उमीद क्या है बस इक पेशो-पस[2] है कुछ भी नहीं
मेरी हयात की ग़मगीनियों का ग़म न करो
ग़मे-हयात[3] ग़मे-यक-नफ़स[4] है कुछ भी नहीं
तुम अपने हुस्न की रा'नाइयों पे[5] रहम करो
वफ़ा फ़रेब है, तूले-हवस[6] है कुछ भी नहीं

मुझे तुम्हारे तग़ाफुल[7] से क्यों शिकायत हो
मेरी फ़ना[8] मेरे एहसास का[9] तक़ाज़ा है
मैं जानता हूँ कि दुनिया का ख़ौफ़ है तुमको
मुझे ख़बर है, ये दुनिया अजीब दुनिया है
यहाँ हयात के पर्दे में मौत पलती है
शिकस्ते-साज़ की[10] आवाज़ रूहे-नग़्मा है

---

1. विज्ञापन 2. दुविधा 3. जीवन का ग़म 4. क्षण-भर का ग़म (एक श्वास से सम्बन्धित)
5. रमणीयताओं पर 6. लोलुपता का विस्तार 7. उपेक्षा 8. नाश 9. चेतना का 10. साज़ के
टूटने की

मुझे तुम्हारी जुदाई का कोई रंज नहीं
मेरे ख़याल की दुनिया में मेरे पास हो तुम
ये तुमने ठीक कहा है, तुम्हें मिला न करूँ
मगर मुझे ये बता दो कि क्यों उदास हो तुम
ख़फ़ा न होना मेरी जुरते-तख़ातब पर[1]
तुम्हें ख़बर है मेरी ज़िन्दगी की आस हो तुम

मेरा तो कुछ भी नहीं है मैं रो के जी लूँगा
मगर खुदा के लिए तुम असीरे-ग़म[2] न रहो
हुआ ही क्या जो ज़माने ने तुमको छीन लिया
यहाँ पे कौन हुआ है किसी का, सोचो तो
मुझे क़सम है मेरी दुख-भरी जवानी की
मैं खुश हूँ मेरी मोहब्बत के फूल ठुकरा दो

मैं अपनी रूह की हर इक खुशी मिटा लूँगा
मगर तुम्हारी मसर्रत मिटा नहीं सकता
मैं खुद को मौत के हाथों में सौंप सकता हूँ
मगर ये बारे-मसाइब[3] उठा नहीं सकता
तुम्हारे ग़म के सिवा और भी तो ग़म हैं मुझे
नजात जिनसे मैं इक लमहा[4] पा नहीं सकता

---

1. सम्बोधन के दुःसाहस पर 2. शोक-ग्रस्त 3. मुसीबतों का बोझ 4. क्षण-भर के लिए

ये ऊँचे-ऊँचे मकानों की ड्योढ़ियों के तले
हर एक गाम पे[1] भूके भिकारियों की सदा[2]
हर एक घर में ये इफ़्लास और भूक का शोर
हर एक सम्त[3] ये इन्सानियत की आहो-बुका[4]
ये कारख़ानों में लोहे का शोरो-गुल जिसमें
है दफ़्न लाखों ग़रीबों की रूह का नग़्मा

ये शाहराहों पे[5] रंगीन साड़ियों की झलक
ये झोंपड़ों में ग़रीबों की बेकफ़न लाशें
ये माल रोड पे कारों की रेल-पेल का शोर
ये पटरियों पे ग़रीबों के ज़र्द-रू[6] बच्चे

गली-गली में ये बिकते हुए जवां चेहरे
हसीन आँखों में अफ़सुर्दगी-सी[7] छाई हुई
ये जंग और ये मेरे वतन के शोख़ जवां
खरीदी जाती हैं उठती जवानियाँ जिनकी
ये बात-बात पे क़ानूनो-ज़ाब्ते की गिरफ़्त[8]
ये ज़िल्लतें, ये गुलामी, ये दौरे-मजबूरी
ये ग़म बहुत हैं मेरी ज़िन्दगी मिटाने को
उदास रह के मेरे दिल को और रंज न दो

---

1. क़दम पर 2. आवाज़ 3. ओर, दिशा 4. आहों का शोर 5. राजपथों पर 6. पीले चेहरे वाले 7. उदासी-सी 8. पकड़

फ़नकार[1]

मैंने जो गीत तेरे प्यार की ख़ातिर लिक्खे
आज उन गीतों को बाज़ार में ले आया हूँ

आज दूकान पे नीलाम उठेगा उनका
तूने जिन गीतों पे रक्खी थी मोहब्बत की असास[2]
आज चाँदी की तराज़ू में तुलेगी हर चीज़
मेरे अफ़कार[3], मेरी शायरी, मेरा एहसास

जो तेरी ज़ात से मनसूब[4] थे उन गीतों को
मुफ़्लिसी जिन्स[5] बनाने पे उतर आई है
भूक, तेरे रुख़े-रंगीं के[6] फ़सानों के इवज़
चन्द अशिया-ए-ज़रूरत की[7] तमन्नाई है

देख इस असागहे-मेहनतो-सर्माया[8] में
मेरे नग्मे भी मेरे पास नहीं रह सकते
तेरे जलवे किसी ज़रदार[9] की मीरास सही
तेरे ख़ाके[10] भी मेरे पास नहीं रह सकते

आज उन गीतों को बाज़ार में ले आगा हूँ
मैंने जो गीत तेरे प्यार की ख़ातिर लिक्खे

---

1. कलाकार 2. नींव 3. रचनाएँ 4. सम्बन्धित 5. खाद्य-पदार्थ 6. रंगीन चेहरे के 7. जरूरत की चीज़ों की 8. मेहनत और पूँजी के युद्ध-क्षेत्र में 9. पूँजीपति 10. रेखाचित्र

सोचता हूँ

सोचता हूँ कि मोहब्बत से किनारा कर लूँ
दिल को बेगाना-ए-तरग़ीबो-तमन्ना[1] कर लूँ

सोचता हूँ कि मोहब्बत है जुनूने-रुसवा[2]
चंद बेकार-से बेहूदा ख़यालों का हुजूम
एक आज़ाद को पाबन्द बनाने की हवस
एक बेगाने को अपनाने की सइए-मौहूम[3]

सोचता हूँ कि मोहब्बत है सरूसो-मस्ती
इसकी तनवीर से[4] रौशन है फ़ज़ाए-हस्ती[5]

सोचता हूँ कि मोहब्बत है बशर की फ़ितरत[6]
इसका मिट जाना, मिटा देना बहुत मुश्किल है
सोचता हूँ कि मोहब्बत से है ताबिंदा[7] हयात[8]
अब ये शमुअ बुझा देना बहुत मुश्किल है।

सोचता हूँ कि मोहब्बत पे कड़ी शर्तें हैं
इस तमद्दुन में[9] मसर्रत पे बड़ी शर्तें हैं

सोचता हूँ कि मोहब्बत है इक अफ़्सुर्दा[10] सी लाश
चादरे-इज़्ज़तो-नामूस में[11] कफ़नाई हुई

---

1. अभिलाषा तथा प्रेरणा-रहित 2. बदनाम उन्माद 3. भ्रमात्मक प्रयत्न 4. प्रकाश से
5. जीवन का वातावरण 6 मानव का स्वभाव 7. दीप्त 8. जीवन 9. संस्कृति में 10. उदास
11. इज़्ज़त-रूपी चादर में

दौरे-सर्माया[1] की रौंदी हुई रुसवा हस्ती
दरगहे-मज़हबो-इख़्लाक़ से[2] ठुकराई हुई

सोचता हूँ कि बशर[3] और मोहब्बत का जुनूँ
ऐसे बोसीदा तमद्दुन से है इक कारे-ज़बूँ[4]

सोचता हूँ कि मोहब्बत न बचेगी ज़िन्दा
पेश-अज़-वक़्त कि[5] सड़ जाए ये गलती हुई लाश
यही बेहतर है कि बेगाना-ए-उल्फ़त[6] होकर
अपने सीने में करूँ जज़्ब-ए-नफ़रत की[7] तलाश

और सौदा-ए-मोहब्बत[8] से किनारा कर लूँ
दिल को बेगाना-ए-तरग़ीबो-तमन्ना कर लूँ

---

1. पूँजी (के आधिपत्य) के युग 2. धर्म तथा नैतिकता की दरगाह से 3. मनुष्य 4. बुरा कार्य
5. इससे पूर्व कि 6. प्रेम से विमुख होकर 7. घृणा-भाव की 8. प्रेमोन्माद

मुझे सोचने दे!

मेरी नाकाम मोहब्बत की कहानी मत छेड़
अपनी मायूस उमंगों का फ़साना न सुना
ज़िन्दगी तल्ख़ सही, ज़हर[1] सही, ग़म ही सही
दर्दो-आज़ार[2] सही, जब्र सही, ग़म ही सही
लेकिन इस दर्दो-ग़मो-जब्र[3] की वुसअत[4] को तो देख
ज़ुल्म की छांओं में दम तोड़ती ख़लक़त को तो देख
अपनी मायूस उमंगों का फ़साना न सुना
मेरी नाकाम मोहब्बत की कहानी मत छेड़

जल्सागाहों में ये दहशत-ज़दा[5] सहमे अंबोह[6]
रहगुज़ारों पे फ़लाकत-ज़दा[7] लोगों के गिरोह
भूक और प्यास से पज़मुर्दा[8] सियहफ़ाम[9] ज़मीं
तीरहो-तार मकां[10] मुफ़्लिसो-बीमार मकीं[11]
नौ-ए-इन्सां में[12] ये सरमाया-ओ-मेहनत[13] का तज़ाद[14]
अम्नो-तहज़ीब के परचम तले क़ौमों का फ़साद
हर तरफ़ आतिशो-आहन का[15] ये सैलाबे-अज़ीम[16]
नित नए तर्ज़ पे होती हुई दुनिया तक़सीम

---

1. विष 2. पीड़ा तथा रोग 3. दर्द, ग़म, अत्याचार 4. फैलाव 5. आतंकित 6. जन-समूह 7. निर्धनता के मारे हुए 8. म्लान 9. काली 10. तंग तथा अँधेरे मकान 11. वासी 12. मनुष्य 13 पूँजी तथा श्रम 14. संघर्ष, टकराव 15 आग और लोहे का 16. महान बाढ़

लहलहाते हुए खेतों पे जवानी का समां
और दहक़ान[1] के छप्पर में न बत्ती न धुआँ
ये फ़लक-बोस[2] मिलें, दिलकशो-सीमीं[3] बाज़ार
ये ग़लाज़त[4] पे झपटते हुए भूके नादार
दूर साहिल पे वो शफ़्फ़ाफ़[5] मकानों की क़तार
सरसराते हुए पर्दों में सिमटते गुलज़ार[6]
दरो-दीवार पे अनवार का[7] सैलाबे-रवां[8]
जैसे इक शायरे-मदहोश[9] के ख़्वाबों का जहाँ
ये सभा क्यों है? ये क्या है? मुझे कुछ सोचने दे
कौन इन्सां का खुदा है, मुझे कुछ सोचने दे
अपनी मायूस उमंगों का फ़साना न सुना
मेरी नाकाम मोहब्बत की कहानी मत छेड़

---

1. किसान 2. गगनचुम्बी 3. सुन्दर और रजत 4. गन्दगी 5. उज्ज्वल 6. पुष्प-वाटिकाएँ
7. प्रकाश का 8. बहती बाढ़ 9. मदहोश शायर

चकले

ये कूचे ये नीलामघर दिलकशी के
ये लुटते हुए कारवाँ ज़िन्दगी के
कहाँ हैं? कहाँ हैं मुहाफ़िज़ ख़ुदी[1] के
सना-ख़्वाने-तक़्दीसे-मशरिक़[2] कहाँ हैं?

ये पुरपेच गलियाँ, ये बेख़्वाब[3] बाज़ार
ये गुमनाम राही, ये सिक्कों की झनकार
ये इस्मत[4] के सौदे, ये सौदों पे तकरार
सना-ख़्वाने-तक़्दीसे-मशरिक़ कहाँ हैं?

तअफ़्फ़ुन[5] से पुर नीम-रोशन[6] ये गलियाँ
ये मसली हुई अधखिली ज़र्द कलियाँ
ये बिकती हुई खोखली रंगरलियाँ
सना-ख़्वाने-तक़्दीसे-मशरिक़ कहाँ हैं?

वो उजले दरीचों में पायल की छन-छन
तनफ़्फ़ुस[7] की उलझन पे तबले की धन-धन
ये बेरूह कमरों में खाँसी की ढन-ढन
सना-ख़्वाने-तक़्दीसे-मशरिक़ कहाँ हैं?

---

1. अहं के रक्षक 2. पूर्व की पवित्रता के गुण गानेवाले 3. निद्रा-रहित 4. सतीत्व 5. दुर्गन्ध
6. मद्धम प्रकाशवाली 7. श्वास

ये गूँजे हुए क़हक़हे रास्तों पर
ये चारों तरफ़ भीड़-सी खिड़कियों पर
ये आवाज़ें खिंचते हुए आँचलों पर
        सना-ख़्वाने-तक़्दीसे-मशरिक़ कहाँ हैं?

ये फूलों के गजरे, ये पीकों के छींटे
ये बेबाक नज़रें, ये गुस्ताख़ फ़िक़रे
ये ढलके बदन और ये मदक़ूक़[1] चेहरे
        सना-ख़्वाने-तक़्दीसे-मशरिक़ कहाँ हैं?

ये भूकी निगाहें हसीनों की जानिब
ये बढ़ते हुए हाथ सीनों की जानिब
लपकते हुए पाँव ज़ीनों की जानिब
        सना-ख़्वाने-तक़्दीसे-मशरिक़ कहाँ हैं?

यहाँ पीर[2] भी आ चुके हैं जवां भी
तनूमंद[3] बेटे भी अब्बा मियां भी
ये बीबी भी है और बहन भी है माँ भी
        सना-ख़्वाने-तक़्दीसे-मशरिक़ कहाँ हैं?

मदद चाहती है ये हव्वा की बेटी
यशोदा की हमजिंस, राधा की बेटी
पयम्बर की उम्मत[4], जुलेखा की बेटी
        सना-ख़्वाने-तक़्दीसे-मशरिक़ कहाँ हैं?

बुलाओ, खुदायाने-दीं[5] को बुलाओ
ये कूचे, ये गलियाँ, ये मंज़र दिखाओ
सना - ख़्वाने - तक़्दीसे - मशरिक़ को लाओ
        सना-ख़्वाने-तक़्दीसे-मशरिक़ कहाँ हैं?

---

1. क्षयग्रस्त 2. बूढ़े 3. हष्ट-पुष्ट 4. पैगम्बर की दिखाई राह पर चलने वाली 5. मजहब के ठेकेदारों को

ताजमहल

ताज तेरे लिए इक मज़हरे-उल्फ़त[1] ही सही
तुमको इस वादी-ए-रंगी[2] से अक़ीदत[3] ही सही

मेरी महबूब[4] कहीं और मिला कर मुझसे—!

बज़्मे-शाही में[5] ग़रीबों का गुज़र, क्या मानी?
सब्त[6] जिस राह पे हों सतवते-शाही के[7] निशां
उस पे उल्फ़त भरी रूहों का[8] सफ़र क्या मानी?

मेरी   महबूब   पसे-पर्दा-ए-तश्हीरे-वफ़ा[9]
तूने सतवत[10] के निशानों को तो देखा होता
मुर्दा शाहों के मक़ाबिर से[11] बहलनेवाली!
अपने तारीक[12] मकानों को तो देखा होता

अनगिनत लोगों ने दुनिया में मोहब्बत की है
कौन कहता है कि सादिक़[13] न थे जज़्बे उनके
लेकिन उनके लिए तश्हीर[14] का सामान नहीं
क्योंकि वो लोग भी अपनी ही तरह मुफ़लिस[15] थे

---

1. प्रेम का द्योतक 2. रमणीय स्थान 3. श्रद्धा 4. प्रेयसी 5. शाही दरबार में 6. अंकित
7. शाही वैभव के 8. आत्माओं का (प्रेमियों का) 9. वफ़ा के विज्ञापन के पर्दे के पीछे
10. वैभव 11. मक़बरों से 12. अंधकारपूर्ण 13. सच्चे 14. विज्ञापन 15. निर्धन

ये इमारातो-मक़ाबिर[1] ये फ़सीलें, ये हिसार[2]
मुतलक़ुल्हुक्म[3] शहनशाहों की अज़मत[4] के सुतूँ[5]
दामने-दहर[6] पे उस रंग की गुलकारी[7] है
जिसमें शामिल है तेरे और मेरे अज़दाद[8] का खूँ[9]

मेरी महबूब! उन्हें भी तो मोहब्बत होगी
जिनकी सन्नाई ने[10] बख़्शी है[11] इसे शक्ले-जमील[12]
उनके प्यारों के मक़ाबिर रहे बेनामो-नमूद[13]
आज तक उन पे जलाई न किसी ने क़िन्दील[14]

ये चमनज़ार[15] ये जमना का किनारा, ये महल
ये मुनक़्क़श[16] दरो-दीवार, ये मेहराब, ये ताक़
इक शहनशाह ने दौलत का सहारा लेकर
हम ग़रीबों की मोहब्बत का उड़ाया है मज़ाक़

मेरी महबूब कहीं और मिलाकर मुझसे!

---

1. इमारतें और मक़बरे 2. क़िले 3. स्वेच्छाचारी 4. महानता 5. स्तम्भ 6. संसार के दामन पर 7. बेल-बूटे 8. पूर्वजों 9. लहू 10. कारीगरी ने 11. प्रदान की है 12. सुन्दर रूप 13. जिनका कोई नाम व निशान तक नहीं 14. दीप 15. उद्यान 16. चित्रित

कभी-कभी

कभी-कभी मेरे दिल में ख़याल आता है!

कि ज़िन्दगी तेरी ज़ुल्फ़ों की नर्म छाओं में
गुज़रने पाती तो शादाब हो भी सकती थी
ये तीरगी[1] जो मेरी ज़ीस्त का मुक़द्दर[2] है
तेरी नज़र की शुआओ में[3] खो भी सकती थी

अजब न था कि मैं बेगाना-ए-अलम[4] रहकर
तिरे जमाल की[5] रानाइयों में[6] खो रहता
तिरा गुदाज़[7] बदन, तेरी नीम-बाज़[8] आँखें
इन्हीं हसीन फ़सानों में महव[9] हो रहता

पुकारतीं मुझे जब तल्ख़ियाँ ज़माने की
मेरे लबों से[10] हलावत[11] के घूँट पी लेता
हयात[12] चीख़ती-फिरती बरहना-सर[13] और मैं
घनेरी ज़ुल्फ़ों के साए में छुप के जी लेता

---

1. अँधेरा 2. जीवन का भाग्य 3. रश्मियों में 4. दुखों से परिचित 5. सौन्दर्य की 6. लावण्यताओं में 7. मृदुल, कोमल 8. अधखुली 9. निमग्न 10. होंठों से 11. माधुर्य रस 12. जीवन 13. नंगे सिर

मगर ये हो न सका और अब ये आलम[1] है
कि तू नहीं, तेरा ग़म, तेरी जुस्तजू भी नहीं
गुज़र रही है कुछ इस तरह ज़िन्दगी जैसे
इसे किसी के सहारे की आरज़ू भी नहीं

ज़माने भर के दुखों को लगा चुका हूँ गले
गुज़र रहा हूँ कुछ अनजानी गुज़रगाहों से
मुहीब[2] साए मेरी सम्त बढ़ते आते हैं
हयातो-मौत[3] के पुर-हौल ख़ारज़ारों से[4]

न कोई जादह[5], न मंज़िल, न रौशनी का सुराग़
भटक रही है ख़लाओं में[6] ज़िन्दगी मेरी
इन्हीं ख़लाओं में रह जाऊँगा कभी खोकर
मैं जानता हूँ मेरी हम-नफ़स[7] मगर यूँही

कभी-कभी मेरे दिल में ख़याल आता है!

---

1. स्थिति 2. भयानक 3. जीवन तथा मृत्यु 4. भयावह काँटीले जंगलों से 5. मार्ग 6. शून्यों में 7. सहचर

फ़रार

अपने माज़ी के[1] तसव्वुर से[2] हिरासां[3] हूँ मैं
अपने गुज़रे हुए ऐयाम से[4] नफ़रत है मुझे
अपनी बेकार तमन्नाओं पे शर्मिंदा हूँ
अपनी बेसूद[5] उमीदों पे नदामत है मुझे

मेरे माज़ी को अँधेरे में दबा रहने दो
मेरा माज़ी मेरी ज़िल्लत के सिवा कुछ भी नहीं
मेरी उमीदों का हासिल, मेरी काविश का सिला[6]
एक बेनाम अज़ीयत के[7] सिवा कुछ भी नहीं

कितनी बेकार उमीदों का सहारा लेकर
मैंने ऐवान[8] सजाए थे किसी की ख़ातिर
कितनी बेरब्त[9] तमन्नाओं के मुबहम ख़ाके[10]
अपने ख़्वाबों में बसाए थे किसी की ख़ातिर

मुझसे अब मेरी मोहब्बत के फ़साने[11] न कहो
मुझको कहने दो कि मैंने उन्हें चाहा ही नहीं
और वो मस्त निगाहें जो मुझे भूल गईं
मैंने उन मस्त निगाहों को सराहा ही नहीं

---

1. अतीत के 2. कल्पना से 3. भयभीत 4. दिनों से, 5. व्यर्थ 6. प्रयत्न का फल 7. कष्ट के 8. महल 9. असंगत 10. अस्पष्ट रेखाचित्र 11. कहानियाँ

मुझको कहने दो कि मैं आज भी जी सकता हूँ
इश्क़ नाकाम सही, ज़िन्दगी नाकाम नहीं
उन्हें अपनाने की ख़्वाहिश, उन्हें पाने की तलब
शौक़े-बेकार[1] सही, सअइ-ए-ग़म-अंजाम[2] नहीं

वही गेसू[3], वही नज़रें, वही आरिज़[4], वही जिस्म
मैं जो चाहूँ तो मुझे और भी मिल सकते हैं
वो कंवल जिनको कभी उनके लिए खिलना था
उनकी नज़रों से बहुत दूर भी खिल सकते हैं

---

1. बेकार शौक, 2. दुखांत चेष्टा, 3. केश, 4. कपोल।

कल और आज

1

कल   भी   बूँदें   बरसी   थीं
कल   भी   बादल   छाए   थे

और   कवि   ने   सोचा   था!

बादल ये आकाश के सपने इन जुल्फ़ों के साए हैं
दोशे-हवा पर[1] मैख़ाने ही मैख़ाने घिर आए हैं
रुत बदलेगी फूल खिलेंगे झोंके मधु बरसाएँगे
उजले-उजले खेतों में रंगीं आँचल लहराएँगे
चरवाहे बंसी की धुन से गीत फ़ज़ा में बोएँगे
आमों के झुण्डों के नीचे परदेसी दिल खोलेंगे
पेंग बढ़ाती गोरी के माथे से कौंदे लपकेंगे
जोहड़ के ठहरे पानी में तारे आँखें झपकेंगे
उलझी-उलझी राहों में वो आँचल थामे आएँगे
धरती, फूल, आकाश, सितारे सपना-सा बन जाएँगे

कल   भी   बूँदें   बरसी   थीं
कल   भी   बादल   छाए   थे

और   कवि   ने   सोचा   था!

___
1. वायु के कन्धे पर

2

आज   भी   बूँदें   बरसेंगी
आज   भी   बादल   छाए   हैं

और   कवि   इस   सोच   में   है!

बस्ती पर बादल छाए हैं, पर ये बस्ती किसकी है
धरती पर अमृत बरसेगा, लेकिन धरती किसकी है
हल जोतेगी खेतों में अल्हड़ टोली दहक़ानों की[1]
धरती से फूटेगी मेहनत फ़ाक़ाकश इन्सानों की
फ़सलें काट के मेहनतकश, ग़ल्ले के ढेर लगाएँगे
जागीरों के मालिक आकर सब 'पूँजी' ले जाएँगे
बूढ़े दहक़ानों के घर बनिये की क़ुर्क़ी आएगी
और क़र्ज़े के सूद में कोई गोरी बेची जाएगी
आज भी जनता भूकी है और कल भी जनता तरसी थी
आज भी रिमझिम बरखा होगी, कल भी बारिश बरसी थी

आज   भी   बादल   छाए   हैं
आज   भी   बूँदें   बरसेंगी

और   कवि   इस   सोच   में   है!

---

1. किसानों की।

हिरास[1]

तेरे होंटों पे तबस्सुम[2] की वो हल्की-सी लकीर
मेरी तख़ईल में[3] रह-रह के झलक उठती है
यूँ अचानक तेरे आरिज़ का[4] ख़याल आता है
जैसे ज़ुल्मत में[5] कोई शम्अ भड़क उठती है

तेरे   पैराहने-रंगीं   की[6] जुनूंख़ेज़[7] महक
ख़्वाब बन-बन के मिरे ज़ेहन में[8] लहराती है
रात की सर्द ख़मोशी में हर इक झोंके से
तेरे अन्फ़ास[9] तेरे जिस्म की आँच आती है

मैं सुलगते हुए राज़ों को[10] अयां[11] तो कर दूँ
लेकिन इन राज़ों की तशहीर से[12] जी डरता है
रात के ख़्वाब उजाले में बयां तो कर दूँ
इन हसीं ख़्वाबों की ता'बीर से[13] जी डरता है

तेरे साँसों की थकन तेरी निगाहों का सुकूत[14]
दर-हक़ीक़त[15] कोई रंगीन शरारत ही न हो
मैं जिसे प्यार का अन्दाज़ समझ बैठा हूँ
वो तबस्सुम, वो तकल्लुम[16] तेरी आदत ही न हो

---

1. भय 2. मुस्कराहट 3. कल्पना में 4. कपोलों का 5. अँधेरे में 6. रंगीन लिबास की
7. उन्मादोत्पादक 8. मस्तिष्क में 9. श्वासों 10. भेदों को 11. प्रकट 12. विज्ञापन से
13. स्वप्न-फल से 14. मौन 15. वास्तव में 16. बातचीत (का ढंग)

सोचता हूँ कि तुझे मिलके मैं जिस सोच में हूँ
पहले उस सोच का मक़सूम[1] समझ लूँ तो कहूँ
मैं तेरे शहर में अनजान हूँ परदेसी हूँ
तेरे अल्ताफ़[2] का मफ़हूम[3] समझ लूँ तो कहूँ

कहीं ऐसा न हो कि पाँव मेरे थर्रा जाएँ
और तेरी मरमरी[4] बाँहों का सहारा न मिले
अश्क बहते रहें ख़ामोश सियह[5] रातों में
और तेरे रेशमी आँचल का किनारा न मिले

---

1. भाग्य (परिणाम) 2. कृपा 3. अर्थ 4. संगमरमर की बनी (धवल, गोरी) 5. सियाह (काली)

इसी दोराहे पर!

अब न इन ऊँचे मकानों में क़दम रक्खूँगा
मैंने इक बार ये पहले भी क़सम खाई थी
अपनी नादार मोहब्बत की शिकस्तों के तुफ़ैल
ज़िन्दगी पहले भी शर्माई थी, झुँझलाई थी

और ये अ़हद[1] किया था कि ब-ई-हाले-तबाह[2]
अब कभी प्यार भरे गीत नहीं गाऊँगा
किसी चिलमन ने पुकारा भी तो बढ़ जाऊँगा
कोई दरवाज़ा खुला भी तो पलट आऊँगा

फिर तेरे काँपते होंटों की फुसूँकार[3] हँसी
जाल बुनने लगी, बुनती रही, बुनती ही रही
मैं खिंचा तुझसे, मगर तू मेरी राहों के लिए
फूल चुनती रही, चुनती रही, चुनती ही रही

बर्फ़ बरसाई मेरे ज़ेहनो-तसव्वुर ने[4] मगर
दिल में इक शो'ला-ए-बेनाम-सा[5] लहरा ही गया
तेरी चुपचाप निगाहों को सुलगते पाकर
मेरी बेज़ार तबीयत को भी प्यार आ ही गया

---

1. प्रतिज्ञा 2. तबाह-हाल होने पर भी 3. जादू-भरी 4. मस्तिष्क तथा कल्पना ने 5. बेनाम-सा शो'ला

अपनी बदली हुई नज़रों के तक़ाज़े न छुपा
मैं इस अन्दाज़ का मफ़हूम[1] समझ सकता हूँ
तेरे ज़रकार[2] दरीचों की बुलन्दी की क़सम
अपने अक़दाम का मक़सूम[3] समझ सकता हूँ

'अब न इन ऊँचे मकानों में क़दम रक्खूँगा'
मैंने इक बार ये पहले भी क़सम खाई थी
इसी सर्माया-ओ इफ़्लास के दोराहे पर
ज़िन्दगी पहले भी शर्माई थी, झुँझलाई थी

---

1. अर्थ 2. स्वर्णिम 3. क़दम उठाने का भाग्य

एक तस्वीरे-रंग

मैंने जिस वक़्त तुझे पहले-पहल देखा था
तू जवानी का कोई ख़्वाब नज़र आई थी
हुस्न का नग़्मए-जावेद[1] हुई थी मालूम
इश्क़ का जज़्बाए-बेताब[2] नज़र आई थी

ऐ तरबज़ारे-जवानी[3] की परेशां तितली
तू भी इक बूए-गिरफ़्तार[4] है, मालूम न था
तेरे जल्वों में बहारें नज़र आई थीं मुझे
तू सितम-खुर्दहे-अदबार[5] है, मालूम न था

तेरे नाज़ुक से परों पर ये ज़रो-सीम का[6] बोझ
तेरी परवाज़[7] को आज़ाद न होने देगा
तूने राहत की तमन्ना में जो ग़म पाला है
वो तेरी रूह को आबाद न होने देगा

तूने सर्माए की छाओं में पनपने के लिए
अपने दिल, अपनी मोहब्बत का लहू बेचा है
दिन की तज़ुईने-फ़ुसुर्दा[8] का असासा[9] लेकर
रात की शोख़ मसर्रत का लहू बेचा है

---

1. अनन्त संगीत 2. विकल भावना 3. यौवन-रूपी उद्यान 4. बन्दी सुगन्ध 5. दुर्भाग्य के हाथों पीड़ित 6. सोने-चाँदी का 7. उड़ान 8. रूखी-फीकी सज्जा 9. निधि

इससे क्या फ़ायदा रंगीन लबादों के[1] तले
रूह जलती रहे, गलती रहे, पज़मुर्दा[2] रहे
होंट हँसते हों दिखावे के तबस्सुम[3] के लिए
दिल ग़मे-ज़ीस्त[4] से बोझिल रहे आज़ुर्दा[5] रहे

दिल की तस्कीं[6] भी है आसाइशे-हस्ती[7] की दलील
ज़िन्दगी सिर्फ़ ज़रो-सीम का[8] पैमाना नहीं
ज़ीस्त एहसास[9] भी है, शौक़ भी है, दर्द भी है
सिर्फ़ अन्फ़ास[10] की तरतीब का अफ़साना नहीं

उम्र भर रेंगते रहने से कहीं बेहतर है
एक लम्हा जो तेरी रूह में वुसअत[11] भर दे
एक लम्हा जो तेरे गीत को शोख़ी दे दे
एक लम्हा जो तेरी लय में मसर्रत भर दे

---

1. वस्त्रों के 2. मुर्झाई हुई 3. मुस्कान 4. जीवन के ग़म 5. चिन्तित 6. संतोष 7. जीवन के सुख 8. चाँदी-सोने का 9. अनुभूति 10. श्वासों की 11. विशालता

मा'जूरी[1]

ख़ल्वतो-जल्वत में[2] तुम मुझसे मिली हो बारहा
तुमने क्या देखा नहीं, मैं मुस्करा सकता नहीं
मैं कि मायूसी मेरी फ़ितरत में[3] दाख़िल हो चुकी
जब्र भी ख़ुद पर करूँ तो गुनगुना सकता नहीं

मुझमें क्या देखा कि तुम उल्फ़त का दम भरने लगीं
मैं तो ख़ुद अपने भी कोई काम आ सकता नहीं
रूह-अफ़ज़ा[4] हैं जूनूने-इश्क़ के[5] नग़्मे मगर
अब मैं इन गाए हुए गीतों को गा सकता नहीं

मैंने देखा है शिकस्ते-साज़े-उल्फ़त का समाँ[6]
अब किसी तहरीक पर[7] बरबत[8] उठा सकता नहीं
दिल तुम्हारी शिद्दते-एहसास[9] से वाक़िफ़ तो है,
अपने एहसासात से दामन छुड़ा सकता नहीं

तुम मेरी होकर भी बेगाना ही पाओगी मुझे
मैं तुम्हारा होके भी तुम में समा सकता नहीं
गाए हैं मैंने ख़लूसे दिल से[10] भी उल्फ़त के गीत
अब रियाकारी से भी चाहूँ तो गा सकता नहीं

किस तरह तुमको बना लूँ मैं शरीके-ज़िन्दगी[11]
मैं तो अपनी ज़िन्दगी का बार[12] उठा सकता नहीं
यास की[13] तारीकियों में[14] डूब जाने दो मुझे
अब मैं शमए-आरज़ू की[15] लौ बढ़ा सकता नहीं

---

1. विवशता 2. एकांत में और सबके सामने 3. स्वभाव में 4. प्राणवर्धक 5. प्रेमोन्माद के
6. प्रेम-रूपी साज़ के टूटने का दृश्य 7. प्रेरणा पर 8. एक बाजा 9. अनुभूति की तीव्रता 10.
शुद्ध-हृदयता से 11. जीवन-साथी 12. बोझ 13. निराशा की 14. अंधेरों में 15. कामनारूपी
दीपक की

खुदकुशी से पहले

उफ़ ये बेदर्द सियाही ये हवा के नौहे[1]
किसको मालूम है इस शब की[2] सहर[3] हो कि न हो
इक नज़र तेरे दरीचे की तरफ़ देख तो लूँ
डूबती आँखों में फिर ताबे-नज़र[4] हो कि न हो

अभी रौशन हैं तेरे गर्म शबिस्ताँ के[5] दिये
नीलगूँ पर्दों से छनती हैं शुआएँ अब तक
अजनबी बाँहों के हल्के में लचकती होंगी
तेरे महके हुए बालों की रिदायें[6] अब तक

सर्द होती हुई बत्ती के धुएँ के हमराह
हाथ फैलाए बढ़े आते हैं बोझिल साए
कौन पोंछे मेरी आँखों के सुलगते आँसू
कौन उलझे हुए बालों की गिरह सुलझाए

आह ये ग़ारे-हलाक़त[7] ये दीये का महबस[8]
उम्र अपनी इन्हीं तारीक[9] मकानों में कटी
ज़िन्दगी फ़ितरते-बेहिस की[10] पुरानी तक़सीर[11]
इक हक़ीक़त[12] थी मगर चंद फ़सानों में कटी

---

1. विलाप 2. रात की 3. सुबह 4. देखने की शक्ति 5. शयनागार के 6. चादरें, लटें
7. विनाश की कन्दरा 8. कारावास 9. अँधेरे 10. निष्ठुर प्रकृति की 11. अपराध
12. वास्तविकता

कितनी आसाइशें[1] हँसती रहीं ऐवानों में[2]
कितने दर[3] मेरी जवानी पे सदा बन्द रहे
कितने हाथों ने बुना अतलसो-कमख़्वाब मगर
मेरे मलबूस की[4] तक़दीर में पेबन्द रहे

ज़ुल्म सहते हुए इन्सानों के इस मक़्तल[5] में
कोई फ़र्दा के[6] तसव्वुर से कहाँ तक बहले
उम्र भर रेंगते रहने की सज़ा है जीना
एक-दो दिन की अज़ीयत[7] हो तो कोई सह ले

वही ज़ुल्मत[8] है फ़ज़ाओं पे[9] अभी तक तारी
जाने कब ख़त्म हो इन्साँ के लहू की तक़तीर[10]
जाने कब निखरे सियहपोश फ़ज़ा का[11] जोबन
जाने कब जागे सितम-खुर्दा बशर की[12] तक़दीर

अभी रौशन हैं तेरे गर्म शबिस्तां के दिये
आज मैं मौत के ग़ारों में उतर जाऊँगा
और दम तोड़ती बत्ती के धुएँ के हमराह
सरहदे-मर्गे-मुसलसल से[13] गुज़र जाऊँगा

---

1. सुख-समृद्धियाँ 2. महलों में 3. दरवाज़े 4. लिबास की 5. वध-स्थल 6. आने वाले कल के 7. दुख 8. अँधेरा 9. वातावरण पर 10. बूँद-बूँद टपकना 11. काले वातावरण का 12. अत्याचार-पीड़ित मनुष्य की 13. निरन्तर मृत्यु की सीमा से

मेरे गीत तुम्हारे हैं

अब तक मेरे गीतों में उम्मीद भी थी पसपाई भी
मौत के क़दमों की आहट भी, जीवन की अँगड़ाई भी
मुस्तक़बिल[1] की किरनें भी थीं, हाल की बोझिल ज़ुल्मत[2] भी
तूफ़ानों का शोर भी था और ख़्वाबों की शहनाई भी

आज से मैं अपने गीतों में आतश-पारे[3] भर दूँगा
मद्धम लचकीली तानों में जीवन-धारे भर दूँगा
जीवन के अँधियारे पथ पर मशअल लेकर निकलूँगा
धरती के फैले आँचल में सुर्ख़ सितारे भर दूँगा

आज से ऐ मज़दूर-किसानो! मेरे राग तुम्हारे हैं
फ़ाक़ाकश इन्सानो! मेरे जोग बिहाग तुम्हारे हैं
जब तक तुम भूखे-नंगे हो, ये शोले ख़ामोश न होंगे
जब तक बे-आराम हो तुम, ये नग़्मे राहतकश[4] न होंगे

मुझको इसका रंज नहीं है लोग मुझे फ़नकार न मानें
फ़िक्रो-सुख़न के ताजिर मेरे शे'रों को अशआर न मानें
मेरा फ़न, मेरी उम्मीदें, आज से तुमको अर्पन हैं
आज से मेरे गीत तुम्हारे दुख और सुख का दर्पन हैं

तुम से क़ुव्वत[5] लेकर अब मैं तुमको राह दिखाऊँगा
तुम परचम[6] लहराना साथी, मैं बरबत पर गाऊँगा
आज से मेरे फ़न का मक़्सद[7] ज़ंजीरें पिघलाना है
आज से मैं शबनम के बदले अंगारे बरसाऊँगा

---

1. भविष्य 2. अँधकार 3. अग्नि-पुंज 4. आनन्ददायक 5. शक्ति 6. पताका 7. उद्देश्य

नूरजहाँ के मज़ार पर

पहलुए-शाह में[1] ये दुख़्तरे-जमहूर की[2] क़ब्र
कितने गुमगश्ता फ़सानों का[3] पता देती है
कितने ख़ूँरेज़ हक़ायक़ से[4] उठाती है नक़ाब
कितनी कुचली हुई जानों का पता देती है

कैसे मग़रूर शहनशाहों की तस्कीं के लिए
सालहासाल हसीनाओं के बाज़ार लगे
कैसे बहकी हुई नज़रों के तअय्युश[5] के लिए
सुख़ू महलों में जवां जिस्मों के अंबार लगे

कैसे हर शाख़ से मुँह-बंद महकती कलियाँ
नोच ली जाती थीं तज़ईने-हरम[6] की ख़ातिर
और मुझ़ा के भी आज़ाद न हो सकती थीं
ज़िल्ले-सुबहान की[7] उल्फ़त के भरम की ख़ातिर

कैसे इक फ़र्द के[8] होंटों की ज़रा-सी जुंबिश
सर्द कर सकती थी बेलौस[9] वफ़ाओं के चिराग़
लूट सकती थी दमकते हुए हाथों का सुहाग
तोड़ सकती थी मए-इश्क़ से[10] लबरेज़ अयाग़[11]

---

1. बादशाह की बग़ल में 2. जनता की बेटी की 3. भूली-बिसरी कहानियों का 4. रक्तिम वास्तविकताओं से 5. विलास-प्रियता 6. हरम की शोभा 7. बादशाह की 8. व्यक्ति के 9. निष्काम 10. प्रेम-रूपी मदिरा से 11. भरे हुए प्याले

सहमी-सहमी-सी फ़ज़ाओं में ये वीरां मरक़द[1]
इतना ख़ामोश है, फ़रियाद-कुनाँ[2] हो जैसे
सर्द शाख़ों में हवा चीख़ रही है ऐसे
रूहे-तक़दीसो-वफ़ा[3] मर्सियाख़्वाँ हो[4] जैसे

तू मेरी जान! मुझे हैरतो-हसरत से न देख
हम में कोई भी जहाँनूरो-जहाँगीर नहीं
तू मुझे छोड़ के ठुकरा के भी जा सकती है
तेरे हाथों में मेरे हाथ हैं, ज़ंजीर नहीं

---

1. क़ब्र 2. न्याय की दुहाई दे रहा 3. प्रेम तथा पवित्रता की आत्मा 4. विलाप कर रही हो

जागीर

फिर उसी वादी-ए-शादाब में लौट आया हूँ
जिसमें पिन्हां[1] मेरे ख़्वाबों की तरबगाहें[2] हैं
मेरे अहबाब के सामाने-तअय्युश[3] के लिए
शोख़ सीने हैं, जवां जिस्म, हसीं बाँहें हैं

सब्ज़ खेतों में ये दुबकी हुई दोशीज़ाएँ
इनकी शिरयानों में[4] किस-किस का लहू जारी है
किसमें जुरत है कि इस राज़ की तश्हीर[5] करे
सबके लब पर मेरी हैबत का फुसूं[6] तारी है

हाय वो गर्मो-दिलावेज़[7] उबलते सीने
जिनसे हम सतवते-आब का[8] सिला[9] लेते हैं
जाने इन मरमरी जिस्मों को ये मरियल दहक़ां
कैसे इन तीरह[10] घरौंदों में जनम देते हैं

ये लहकते हुए पौदे, ये दमकते हुए खेत
पहले अज़दाद की[11] जागीर थी अब मेरे हैं
ये चिरागाह, ये रेवड़, ये मवेशी, ये किसान
सब-के-सब मेरे हैं, सब मेरे हैं, सब मेरे हैं

---

1. निहित 2. आनन्द के स्थान 3. भोग-विलास की सामग्री 4. रंगों में 5. विज्ञापन 6. आतंक का जादू 7. गर्म और मनोरम 8. बुज़र्गों के प्रताप का 9. बदला 10. अँधेरे 11. पूर्वजों की

इनकी मेहनत भी मेरी, हासिले-मेहनत[1] भी मेरा
इनके बाज़ू भी मेरे, क़ुव्वते-बाज़ू भी मेरी
मैं ख़ुदावन्द[2] हूँ इस वुसअते-बेपायाँ[3] का
मौजे-आरिज़[4] भी मेरी, नकहते-गेसू[5] भी मेरी

मैं उन अज़दाद का बेटा हूँ जिन्होंने पैहम[6]
अजनबी क़ौम के साए की हिमायत की है
ग़दर की साअते-नापाक से[7] लेकर अब तक
हर कड़े वक़्त में सरकार की ख़िदमत की है

ख़ाक पर रेंगने वाले ये फ़ुसुर्दा[8] ढाँचे
इनकी नज़रें कभी तलवार बनी हैं न बनें
इनकी ग़ैरत पे हर-इक हाथ झपट सकता है
इनके अबरू की[9] कमानें न तनी हैं न तनें

हाए ये शाम, ये झरने, ये शफ़क़ की[10] लाली
मैं इन आसूदा फ़ज़ाओं में[11] ज़रा झूम न लूँ
वो दबे पाँव उधर कौन चली जाती है
बढ़ के उस शोख़ के तरशे हुए लब चूम न लूँ

---

1. परिश्रम का फल 2. स्वामी 3. असीम विशालता 4. कपोलों में पैदा होने वाली लहरें
5. केशों की सुगन्ध 6. हमेशा 7. अपवित्र घड़ी से 8. शिथिल 9. भृकुटि की 10. ऊषा की
11. आनन्दवर्धक वातावरण में

मादाम

आप बेवजह परेशान-सी क्यों हैं मादाम[1]
लोग कहते हैं तो फिर ठीक ही कहते होंगे
मेरे एहबाब ने[2] तहज़ीब न सीखी होगी
मेरे माहौल में[3] इन्सान न रहते होंगे

नूरे-सरमाया से[4] है रूए-तमद्दुन की[5] ज़िया[6]
हम जहाँ हैं वहाँ तहज़ीब नहीं पल सकती
मुफ़लिसी हिस्से-तलाफ़त को[7] मिटा देती है
भूक आदाब के[8] साँचे में नहीं ढल सकती

लोग कहते हैं तो लोगों पे तअज्जुब कैसा
सच तो कहते हैं कि नादारों की[9] इज़्ज़त कैसी
लोग कहते हैं—मगर आप अभी तक चुप हैं
आप भी कहिए ग़रीबों में शराफ़त कैसी

नेक मादाम! बहुत जल्द वो दौर आएगा
जब हमें ज़ीस्त के अदवार[10] परखने होंगे
अपनी ज़िल्लत की क़सम, आपकी अज़मत[11] की क़सम
हमको ता'ज़ीम के[12] मेआर[13] परखने होंगे

---

1. 'मैडम' का उर्दू रूपान्तर 2. मित्रों ने 3. वातावरण में 4. धन के प्रकाश से 5. सभ्यता के चेहरे की 6. चमक 7. कोमल भावना को 8. शिष्टता के 9. निर्धनों की 10 जीवन के युग, मूल्य 11. महानता 12. आदर-सम्मान के 13. स्तर

हमने हर दौर में[1] तज़लील[2] सही है लेकिन
हमने हर दौर के चेहरे को ज़िया[3] बख़्शी है
हमने हर दौर में मेहनत के सितम झेले हैं
हमने हर दौर के हाथों को हिना[4] बख़्शी है

लेकिन इन तल्ख़ मुबाहिस से[5] भला क्या हासिल
लोग कहते हैं तो फिर ठीक ही कहते होंगे
मेरे एहबाब ने तहज़ीब न सीखी होगी
मैं जहाँ रहता हूँ इन्सान न रहते होंगे

---

1. काल में 2. अपमान 3. चमक-दमक 4. मेहँदी 5. कटु विवाद से

तेरी आवाज़

रात सुनसान थी, बोझिल थीं फ़ज़ा की साँसें
रूह पे छाए थे बेनाम ग़मों के साए
दिल को ये ज़िद थी कि तू आए तसल्ली देने
मेरी कोशिश थी कि कमबख़्त को नींद आ जाए

दूर तक आँखों में चुभती रही तारों की चमक
देर तक ज़ेहन सुलगता रहा तन्हाई में
अपने ठुकराए हुए दोस्त की पुरसिश[1] के लिए
तू न आई मगर इस रात की पहनाई[2] में

यूँ अचानक तेरी आवाज़ कहीं से आई
जैसे परबत का जिगर चीर के झरना फूटे
या ज़मीनों की मोहब्बत में तड़प कर नागाह
आसमानों से कोई शोख़ सितारा टूटे

शहद-सा घुल गया तल्ख़ाबा-ए-तन्हाई में[3]
रंग-सा फैल गया दिल के सियाह-ख़ाने में
देर तक यूँ तेरी मस्ताना सदाएँ गूँजीं
जिस तरह फूल चटकने लगें वीराने में

तू बहुत दूर किसी अंजुमने-नाज़ में थी
फिर भी महसूस किया मैंने कि तू आई है
और नग़्मों में छुपाकर मेरे खोए हुए ख़्वाब
मेरी रूठी हुई नींदों को मना लाई है

---

1. हाल-चाल पूछना 2. विशालता 3. एकान्त के कड़वेपन में

रात की सतह पे उभरे तेरे चेहरे के नुक़ूश[1]
वही चुपचाप-सी आँखें, वही सादा-सी नज़र
वही ढलका हुआ आँचल, वही रफ़्तार का ख़म[2]
वही रह-रह के लचकता हुआ नाज़ुक पैकर[3]
तू मेरे पास न थी फिर भी सहर[4] होने तक
तेरा हर साँस मेरे जिस्म को छूकर गुज़रा
क़तरा-क़तरा तेरे दीदार[5] की शबनम टपकी
लम्हा-लम्हा तेरी खुशबू से मुअत्तर[6] गुज़रा
अब यही है तुझे मंज़ूर तो ऐ जाने-बहार[7]
मैं तेरी राह न देखूँगा सियाह रातों में
ढूँढ़ लेंगी मेरी तरसी हुई नज़रें तुझको
नग़मा-ओ-शे'र की उमड़ी हुई बरसातों में
अब तेरा प्यार सताएगा तो मेरी हस्ती
तेरी मस्ती भरी आवाज़ में ढल जाएगी
और ये रूह जो तेरे लिए बेचैन-सी है
गीत बनकर तेरे होंटों पे मचल जाएगी
तेरे नग़मात, तेरे हुस्न की ठंडक लेकर
मेरे तपते हुए माहौल में आ जाएँगे
चन्द घड़ियों के लिए हो कि हमेशा के लिए
मेरी जागी हुई रातों को सुला जाएँगे

---

1. नैन-नक़्श 2. चाल की लचक 3. बदन 4. सुबह 5. दर्शन 6. सुगन्धित 7. बहारों की जान (प्रिया)

परछाइयाँ

जवान रात के सीने पे दूधिया आंचल
मचल रहा है किसी ख़्वाबे-मरमरीं की[1] तरह
हसीन फूल, हसीं पत्तियाँ, हसीं शाख़ें
लचक रही हैं किसी जिस्मे-नाज़नीं की[2] तरह
फ़ज़ा में घुल से गए हैं उफ़ुक़ के[3] नर्म खुतूत[4]
ज़मीं हसीन है, ख़्वाबों की सरज़मीं की तरह

तसव्वुरात की[5] परछाइयाँ उभरती हैं
कभी गुमान[6] की सूरत कभी यक़ीं की तरह
वो पेड़ जिनके तले हम पनाह लेते थे
खड़े हैं आज भी साकित[7] किसी अमीं[8] की तरह

इन्हीं के साये में फिर आज दो धड़कते दिल
ख़मोश होंटों से कुछ कहने-सुनने आए हैं
न जाने कितनी कशाकश से[9], कितनी काविश से[10]
ये सोते जागते लम्हे चुराके लाए हैं

---

1. मरमर-ऐसे (सुन्दर) सपने की 2. सुन्दरी के बदन की 3. क्षितिज के 4. रेखाएँ 5. कल्पनाओं की 6. भ्रम 7. चुपचाप 8. साक्षी 9-10. यत्न-प्रयत्न से

यही फ़ज़ा थी, यही रुत, यही ज़माना था
यहीं से हमने मोहब्बत की इब्तिदा[1] की थी
धड़कते दिल से, लरज़ती हुई निगाहों से
हुज़ूरे-ग़ैब में[2] नन्हीं-सी इल्तिजा की थी

कि आरज़ू के कंवल खिल के फूल हो जाएँ
दिलो-नज़र की दुआएँ क़ुबूल हो जाएँ

तसव्वुरात की परछाइयाँ उभरती हैं!

तुम आ रही हो ज़माने की आँख से बचकर
नज़र झुकाए हुए और बदन चुराए हुए
खुद अपने क़दमों की आहट से झेंपती, डरती
खुद अपने साए की जुंबिश से ख़ौफ़ खाए हुए

तसव्वुरात की परछाइयाँ उभरती हैं!

रवां है छोटी-सी कश्ती हवाओं के रुख़ पर
नदी के साज़ पे मल्लाह गीत गाता है
तुम्हारा जिस्म हर इक लहर के झकोले से
मेरी खुली हुई बाँहों में झूल जाता है

तसव्वुरात की परछाइयाँ उभरती हैं!

____

1. शुरुआत 2. भगवान की सेवा में

मैं फूल टाँक रहा हूँ तुम्हारे जूड़े में
तुम्हारी आँख मसर्रत से झुकती जाती है
न जाने आज मैं क्या बात कहने वाला हूँ
ज़बान खुश्क है आवाज़ रुकती जाती है

तसव्वुरात की परछाइयाँ उभरती हैं!

मेरे गले में तुम्हारी गुदाज़[1] बाँहें हैं
तुम्हारे होंटों पे मेरे लबों के साए हैं
मुझे यक़ीं है कि हम अब कभी न बिछड़ेंगे
तुम्हें गुमान कि हम मिलके भी पराए हैं

तसव्वुरात की परछाइयाँ उभरती हैं!

मेरे पलंग पे बिखरी हुई किताबों को
अदा-ए-अज्ज़ों-करम से[2] उठा रही हो तुम
सुहागरात जो ढोलक पे गाए जाते हैं
दबे सुरों में वही गीत गा रही हो तुम

तसव्वुरात की परछाइयाँ उभरती हैं!

---

1. कोमल 2. विनय की कृपा की अदा से

वो लम्हे कितने दिलकश थे वो घड़ियां कितनी प्यारी थीं
वो सेहरे कितने नाज़ुक थे वो लड़ियाँ कितनी प्यारी थीं
बस्ती की हर-इक शादाब गली[1] ख़्वाबों का जज़ीरा[2] थी गोया
हर मौजे-नफ़स[3], हर मौजे-सबा[4] नग़्मों का ज़ख़ीरा[5] थी गोया

नागाह[6] लहकते खेतों से टापों की सदाएँ आने लगीं
बारूद की बोझिल बू लेकर पच्छम से हवाएँ आने लगीं
तामीर के[7] रौशन चेहरे पर तख़्रीब का[8] बादल फैल गया
हर गाँव में वहशत[9] नाच उठी, हर शहर में जंगल फैल गया

मग़रिब के मुहज़्ज़ब मुल्कों से कुछ ख़ाकी वर्दी-पोश आए
इठलाते हुए मग़रूर आए, लहराते हुए मदहोश आए
ख़ामोश ज़मीं के सीने में ख़ेमों की तनावें गड़ने लगीं
मक्खन-सी मुलायम राहों पर बूटों की ख़राशें पड़ने लगीं
फ़ौजों के भयानक बैंड तले चख़्ख़ों की सदाएँ डूब गईं
जीपों की सुलगती धूल तले फूलों की क़बाएँ[10] डूब गईं

इन्सान की क़ीमत गिरने लगी, अजनास के[11] भाओ चढ़ने लगे
चौपाल की रौनक़ घटने लगी, भरती के दफ़ातर[12] बढ़ने लगे
बस्ती के सजीले शोख़ जवाँ, बन-बन के सिपाही जाने लगे
जिस राह से कम ही लौट सके, उस राह पे राही जाने लगे

---

1. हरी-भरी गली 2. स्वप्नों का टापू 3. श्वास-लहरी 4. हवा की लहर 5. भण्डार 6. अकस्मात
7. निर्माण के 8. ध्वंस का 9. बर्बरता 10. वस्त्र 11. अनाज के 12. दफ़्तर

इन जाने वाले दस्तों में ग़ैरत भी गई बरनाई[1] भी
माओं के जवाँ बेटे भी गए, बहनों के चहेते भाई भी

बस्ती पे उदासी छाने लगी, मेलों की बहारें ख़त्म हुईं
आमों की लचकती शाख़ों से झूलों की क़तारें ख़त्म हुईं

धूल उड़ने लगी बाज़ारों में, भूख उगने लगी खलियानों में
हर चीज़ दुकानों से उठकर, रूपोश हुई तहख़ानों में

बदहाल घरों की बदहाली, बढ़ते-बढ़ते जंजाल बनी
महँगाई बढ़कर काल बनी, सारी बस्ती कंगाल बनी

चरवाहियाँ रस्ता भूल गईं, पिनहारियाँ पनघट छोड़ गईं
कितनी ही कँवारी अबलाएँ, माँ-बाप की चौखट छोड़ गईं

इफ़्लास-ज़दा दहक़ानों के[2] हल-बैल बिके, खलियान बिके
जीने की तमन्ना के हाथों, जीने ही के सब सामान बिके

कुछ भी न रहा जब बिकने को जिस्मों की तिजारत होने लगी
ख़ल्वत में[3] भी जो ममनूअ[4] थी वो जल्वत में[5] जसारत[6] होने लगी
तसव्वुरात की परछाइयाँ उभरती हैं!

तुम आ रही हो सरे-आम बाल बिखराए हुए
हज़ार-गोना मलामत का बार[7] उठाए हुए

---

1. जवानी 2. निर्धनता के मारे किसानों के 3. एकान्त में 4. निषिद्ध 5. खुले-आम
6. धृष्टता 7. लानतों का बोझ

हवस-परस्त[1] निगाहों की चीरह-दस्ती[2] से
बदन की झेंपती उरियानियाँ[3] छुपाए हुए

तसव्वुरात की परछाइयाँ उभरती हैं!

मैं शहर जाके हर इक दर[4] को झाँक आया हूँ
किसी जगह मेरी मेहनत का मोल मिल न सका
सितमगरों के सियासी क़िमारख़ाने में[5]
अलम-नसीब फ़िरासत[6] का मोल मिल न सका

तसव्वुरात की परछाइयाँ उभरती हैं!

तुम्हारे घर में क़ियामत का शोर बर्पा है
महाज़े-जंग से[7] हरकारा तार लाया है
कि जिसका ज़िक्र तुम्हें ज़िन्दगी से प्यारा था
वो भाई नग़्रा-ए-दुश्मन[8] में काम आया है

तसव्वुरात की परछाइयाँ उभरती हैं!

हर एक गाम पे[9] बदनामियों का जमघट है
हर एक मोड़ पे रुसवाइयों के मेले हैं
न दोस्ती, न तकल्लुफ़, न दिलबरी, न खुलूस[10]
किसी का कोई नहीं आज सब अकेले हैं

तसव्वुरात की परछाइयाँ उभरती हैं!

---

1. लोलुप 2. उद्दण्डता 3. नग्नताएँ 4. दरवाज़ा 5. अत्याचारियों के राजनीतिक जुआख़ाने में
6. शोक-ग्रस्त विवेक 7. युद्ध-क्षेत्र से 8. शत्रु के घेरे में 9. क़दम पर 10. शुद्ध-हृदयता

वो रहगुज़र जो मेरे दिल की तरह सूनी है
न जाने तुमको कहां ले के जाने वाली है
तुम्हें ख़रीद रहे हैं ज़मीर के क़ातिल
उफ़ुक़ पे ख़ूने-तमन्नाए-दिल की[1] लाली है

तसव्वुरात की परछाइयाँ उभरती हैं!

सूरज के लहू में लिथड़ी हुई वो शाम है अब तक याद मुझे
चाहत के सुनहरे ख़्वाबों का अंजाम है अब तक याद मुझे

उस शाम मुझे मालूम हुआ, खेतों की तरह इस दुनिया में
सहमी हुई दोशीज़ाओं की[2] मुस्कान भी बेची जाती है
उस शाम मुझे मालूम हुआ, इस कारगहे-ज़रदारी में[3]
दो भोली-भाली रूहों की पहचान भी बेची जाती है

उस शाम मुझे मालूम हुआ, जब बाप की खेती छिन जाए
ममता के सुनहरे ख़्वाबों की अनमोल निशानी बिकती है
उस शाम मुझे मालूम हुआ, जब भाई जंग में काम आए
सरमाए के क़हवाख़ाने[4] में बहनों की जवानी बिकती है

सूरज के लहू में लिथड़ी हुई वो शाम है अब तक याद मुझे
चाहत के सुनहरे ख़्वाबों का अंजाम है अब तक याद मुझे

---

1. क्षितिज पर मनोकामना के रक्त की 2. तरुण कुमारियों की 3. पूँजीवाद के कारख़ाने में
4. वेश्यालयों में

तुम आज हज़ारों मील यहाँ से दूर कहीं तन्हाई में
या बज़्में-तरब-आराई में[1]
मेरे सपने बुनती होगी बैठी आग़ोश पराई में

और मैं सीने में ग़म लेकर दिन-रात मशक़्क़त[2] करता हूँ
जीने की खातिर मरता हूँ
अपने फ़न को रुसवा करके अग़ियार का[3] दामन भरता हूँ

मजबूर हूँ मैं, मजबूर हो तुम, मजबूर ये दुनिया सारी है
तन का दुख मन पर भारी है
इस दौर में[4] जीने की क़ीमत या दारो-रसन[5] या ख़्वारी है

मैं दारो-रसन तक जा न सका, तुम जहद की[6] हद तक आ न सकीं
चाहा तो मगर अपना न सकीं
हम-तुम दो ऐसी रूहें हैं जो मंज़िले-तस्कीं[7] पा न सकीं

जीने को जिये जाते हैं मगर, साँसों में चिताएँ जलती हैं
ख़मोश वफ़ायें जलती हैं
संगीन हक़ायक़-ज़ारों में[8], ख़्वाबों की रिदायें[9] जलती हैं

और आज इन पेड़ों के नीचे फिर दो साये लहराए हैं
फिर दो दिल मिलने आए हैं
फिर मौत की आँधी उड़ी है, फिर जंग के बादल छाए हैं,

---

1. आनन्दोत्पादक महफ़िल में 2. परिश्रम 3. ग़ैरों का 4. काल में 5. सूली 6. संग्राम की 7. शान्ति की मंज़िल 8. कठोर वास्तविकताओं की भूमि में (संसार में) 9. चादरें

मैं सोच रहा हूँ इनका भी अपनी ही तरह अंजाम न हो
इनका भी जुनूँ बदनाम न हो
इनके भी मुक़द्दर में लिखी इक ख़ून में लिथड़ी शाम न हो

सूरज के लहू में लिथड़ी हुई वो शाम है अब तक याद मुझे
चाहत के सुनहरे ख़्वाबों का अंजाम[1] है अब तक याद मुझे

हमारा प्यार हवादिस की[2] ताब ला न सका
मगर इन्हें तो मुरादों की रात मिल जाए
हमें तो कश्मकशे-मर्गे-बेअमाँ[3] ही मिली
इन्हें तो झूमती गाती हयात मिल जाए

बहुत दिनों से है ये मशग़ला[4] सियासत का
कि जब जवान हों बच्चे तो क़त्ल हो जाएँ
बहुत दिनों से है ये ख़ब्त[5] हुक्मरानों का
कि दूर-दूर के मुल्कों में क़हत बो जाए

बहुत दिनों से जवानी के ख़्वाब वीरां हैं
बहुत दिनों से मोहब्बत पनाह ढूँढ़ती है
बहुत दिनों से सितम-दीदह शाहराहों में[6]
निगारे-ज़ीस्त[7] की इस्मत पनाह ढूँढ़ती है

---

1. परिणाम, 2. दुर्घटनाओं की 3. बेपनाह मृत्यु का संघर्ष 4. मनोविनोद 5. उन्माद
6. अत्याचार-पीड़ित राजपथों में 7. जीवनरूपी सुन्दरी

चलो कि आज सभी पायमाल[1] रूहों से
कहें कि अपने हर-इक ज़ख़्म को ज़बाँ कर लें

हमारा राज़, हमारा नहीं सभी का है
चलो कि सारे ज़माने को राज़दां कर लें

चलो कि चल के सियासी मुक़ामिरों से[2] कहें
कि हमको जंगो-जदल के चलन से नफ़रत है

जिसे लहू के सिवा कोई रंग न रास आए
हमें हयात के[3] उस पैरहन से[4] नफ़रत है

कहो कि अब कोई क़ातिल अगर इधर आया
तो हर क़दम पे ज़मीं तंग होती जाएगी

हर एक मौजे-हवा[5] रुख़ बदल के झपटेगी
हर एक शाख़ रगे-संग[6] होती जाएगी

उठो कि आज हर इक जंगजू से ये कह दें
कि हमको काम की ख़ातिर कलों की हाजत[7] है

हमें किसी की ज़मीं छीनने का शौक़ नहीं
हमें तो अपनी ज़मीं पर हलों की हाजत है

कहो कि अब कोई ताजिर इधर का रुख़ न करे
अब इस जा[8] कोई कुँवारी न बेची जाएगी

---

1. कुचली हुई 2. जुएबाज़ों से 3. जीवन के 4. लिबास से 5. हवा की लहर 6. पत्थर की
रग 7. आवश्यकता 8. जगह

ये खेत जाग पड़े, उठ खड़ी हुई फ़सलें
अब इस जगह कोई क्यारी न बेची जाएगी

ये सरज़मीन है गौतम की और नानक की
इस अर्ज़े-पाक पे[1] वहशी न चल सकेंगे कभी
हमारा ख़ून अमानत है नस्ले-नौ के[2] लिए
हमारे ख़ून पे लश्कर न पल सकेंगे कभी

कहो कि आज भी हम सब अगर ख़मोश रहे
तो इस दमकते हुए ख़ाकदाँ की[3] ख़ैर नहीं
जुनूँ की[4] ढाली हुई एटमी बलाओं से
ज़मीं की ख़ैर नहीं, आसमां की ख़ैर नहीं

गुज़िश्ता[5] जंग में घर ही जले मगर इस बार
अजब नहीं कि ये तन्हाइयाँ भी जल जाएं
गुज़िश्ता जंग में पैकर[6] जले मगर इस बार
अजब नहीं कि ये परछाइयाँ भी जल जाएँ

तसव्वुरात की परछाइयाँ उभरती हैं!

---

1. पवित्र भूमि पर 2. नई पीढ़ी के 3. संसार की 4. उन्माद की 5. पिछली 6. शरीर

मेरे गीत

मेरे सरकश[1] तराने सुनके दुनिया ये समझती है
कि शायद मेरे दिल को इश्क़ के नग़्मों से नफ़रत है

मुझे हंगामा-ए-जंगो-जदल[2] में कैफ़[3] मिलता है
मेरी फ़ितरत[4] को ख़ूँरेज़ी[5] के अफ़सानों से रग़बत[6] है

मेरी दुनिया में कुछ वक़अत[7] नहीं है रक़्सो-नग़्मे की[8]
मेरा महबूब नग़्मा[9] शोरे-आहंगे-बगावत है

मगर ऐ काश! देखें वो मेरी पुरसोज़[10] रातों को
मैं जब तारों पे नज़रें गाड़कर आँसू बहाता हूँ

तसव्वुर[11] बनके भूली वारदातें[12] याद आती हैं
तो सोज़ो-दर्द की शिद्दत[13] से पहरों तिलमिलाता हूँ

कोई ख़्वाबों में ख़्वाबीदा[14] उमंगों को जगाती है
तो अपनी ज़िन्दगी को मौत के पहलू में पाता हूँ

मैं शायर हूँ मुझे फ़ितरत[15] के नज़्ज़ारों से उल्फ़त है
मेरा दिल दुश्मने-नग़्मा-सराई[16] हो नहीं सकता

---

1. विद्रोहपूर्ण 2. युद्ध और संघर्ष 3. आनन्द 4. स्वभाव 5. खून बहना 6. रुचि 7. मूल्य
8. नृत्य और संगीत की 9. प्रिय संगीत 10. दर्द भरी 11. कल्पना 12. घटनाएँ 13. तीव्रता
14. सोई हुई 15. प्रकृति 16. गीत गाने का विरोधी

मुझे इन्सानियत का दर्द भी बख़्शा है क़ुदरत ने
मेरा मक़्सद फ़क़त[1] शोला-नवाई[2] हो नहीं सकता

जवाँ हूँ मैं जवानी लग्ज़िशों का[3] एक तूफ़ां है
मेरी बातों में रंगे-पारसाई[4] हो नहीं सकता

मेरे सरकश तरानों की हक़ीक़त[5] है तो इतनी है
कि जब मैं देखता हूँ भूक के मारे किसानों को

ग़रीबों, मुफ़लिसों को, बेकसों को, बेसहारों को
सिसकती नाज़नीनों को, तड़पते नौजवानों को

हुकूमत के तशद्दुद[6] को, अमारत[7] के तकब्बुर[8] को
किसी के चीथड़ों को और शहनशाही ख़ज़ानों को

तो दिल ताबे-निशाते-बज़्मे-इशरत ला नहीं सकता[9]
मैं चाहूं भी तो ख़्वाब-आवर[10] तराने गा नहीं सकता

---

1. केवल 2. आग बरसाना 3. लड़खड़ाहटों का 4. पवित्रता का रंग 5. वास्तविकता 6. हिंसा
7. धन-दौलत 8. घमण्ड 9. वैभवपूर्ण समाज के ऐश्वर्य को सहन नहीं कर सकता 10. सुलाने
वाले

आवाज़े-आदम[1]

दबेगी कब तलक आवाज़े-आदम, हम भी देखेंगे
रुकेंगे कब तलक जज़्बाते-बरहम[2] हम भी देखेंगे
चलो यूँ ही सही ये जौरे-पैहम[3] हम भी देखेंगे

दरे-ज़िन्दाँ[4] से देखें या उरूजे-दार से[5] देखें
तुम्हें रुसवा[6] सरे-बाज़ारे-आलम[7] हम भी देखेंगे
ज़रा दम लो मआले-शौकते-जम हम भी देखेंगे

ब-ज़ोमे-कुव्वते-फ़ौलादो-आहन[8] देख लो तुम भी
ब-फ़ैज़े-जज़्बा-ए-ईमाने-मोहकम[9] हम भी देखेंगे
जबीने-कज-कुलाही[10] ख़ाक पर ख़म[11] हम भी देखेंगे

मुकाफ़ाते-अमल[12] तारीख़े-इन्सां[13] की रवायत[14] है
करोगे कब तलक नावक[15] फ़राहम[16] हम भी देखेंगे
कहाँ तक है तुम्हारे जुल्म में दम हम भी देखेंगे
ये हंगामे-विदा-ए-शब[17] है ऐ जुल्मत के फ़रज़न्दो[18]
सहर के दोश पर[19] गुलनार परचम[20] हम भी देखेंगे
तुम्हें भी देखना होगा ये आ़लम[21] हम भी देखेंगे

---

1. मानव की आवाज़ 2. व्याकुल भावनाएँ 3. लगातार अत्याचार 4. कारागार का द्वार
5. सूली के ऊपर से 6. अपमानित 7. संसार रूपी बाज़ार में 8. लोहे और फ़ौलाद (हथियारों)
की शक्ति के बल पर 9. दृढ़-विश्वास की भावना की कृपा से 10. बादशाहों का माथा
11. झुका हुआ 12. क्रिया का पुनरावर्तन 13. मानव जाति का इतिहास 14. परिपाटी
15. तीर 16. एकत्रित 17. रात्रि की विदा का समय 18. अन्धकार के बेटों 19. सुबह के
कन्धे पर 20. सुर्ख़ रंग का झण्डा 21. परिस्थिति

आज

साथियो! मैंने बरसों तुम्हारे लिए
चाँद, तारों, बहारों के सपने बुने
हुस्न और इश्क़ के गीत गाता रहा
आरज़ुओं के ऐवां[1] सजाता रहा
मैं तुम्हारा मुग़न्नी[2], तम्हारे लिए
जब भी आया नए गीत लाता रहा

आज लेकिन मेरे दामने-चाक में[3]
गर्दे-राहे-सफ़र के सिवा कुछ नहीं
मेरे बरबत के सीने में नग़्मों का दम घुट गया है
तानें चीख़ों के अम्बार में दब गई हैं
और गीतों के सुर हिचकियाँ बन गए हैं
मैं तुम्हारा मुग़न्नी हूँ, नग़्मा नहीं हूँ
और नग़्मे की तख़्लीक़[4] का साज़ो-सामाँ
साथियो! आज तुमने भस्म कर दिया है
और मैं—अपना टूटा हुआ साज़ थामे
सर्द लाशों के अम्बार को तक रहा हूँ
मेरे चारों तरफ़ मौत की वहशतें[5] नाचती हैं
और इन्सान की हैवानियत जाग उठी है

---

1. मनोकामनाओं के महल 2. संगीतकार 3. फटे हुए दामन में 4. रचना 5. वीभत्सताएँ

बर्बरियत[1] के ख़ूंख़्वार अफ़रीत[2]
अपने नापाक जबड़ों को खोले
ख़ून पी-पी के गुर्रा रहे हैं
बच्चे मांओं की गोदों में सहमे हुए हैं
इस्मतें[3] सर-बिरहना[4] परेशान हैं
हर तरफ़ शोरे-आहो-बुका[5] है
और मैं इस तबाही के तूफ़ान में
आग और ख़ून के हेजान[6] में
    सरनिगूँ[7] और शिकस्ता[8] मकानों के मलबे से
                पुर रास्तों पर
अपने नग़्मों की झोली पसारे
दर-ब-दर फिर रहा हूँ—

मुझको अमन और तहज़ीब की भीक दो
मेरे गीतों की लय, मेरे सुर, मेरी नै
मेरे मजरूह[9] होंटों को फिर सौंप दो
साथियो! मैंने बरसों तुम्हारे लिए
इंक़िलाब और बग़ावत के नग़्मे अलापे
अजनबी[10] राज के ज़ुल्म की छाँव में
सरफ़रोशी[11] के ख़्वाबीदा[12] जज़्बे[13] उभारे
इस सुबह की राह देखी
जिसमें इस मुल्क की रूह आज़ाद हो

---

1. बर्बरता 2. राक्षस 3. स्त्रीत्व 4. नंगे सिर 5. आहों और विलाप का शोर 6. उथल-पुथल
7. जिनका सिर झुका है (छतें टूटी हुई हैं) 8. टूटे-फूटे 9. घायल 10. विदेशी 11. सिर बेचने
(कटवाने) 12. सोए हुए 13. भावनाएँ

आज ज़ंजीरे-महकूमियत[1] कट चुकी है
और इस मुल्क के बहुर रो-बर[2], बामो-दर[3]
अजनबी क़ौम के ज़ुल्मत-अफ़शां[4] फरेरे[5] की मनहूस
छाँव से आज़ाद है

खेत सोना उगलने को बेचैन हैं
वादियाँ लहलहाने को बेताब हैं
कोहसारों[6] के सीने में हेजान है
संग और ख़िश्त[7] बेख़्वाबो-बेदार[8] हैं
इनकी आँखों में ता'मीर[9] के ख़्वाब हैं
इनके ख़्वाबों को तकमील[10] का रूप दो
मुल्क की वादियाँ, घाटियाँ, खेतियाँ औरतें, बच्चियाँ—
हाथ फैलाए ख़ैरात की मुन्तज़िर[11] हैं
इनको अम्न और तहज़ीब की भीक दो
माँओं को उनके होंटों की शादाबियाँ[12]
नन्हें बच्चों को उनकी खुशी बख़्श दो
मुझको मेरा हुनर, मेरी लय बख़्श दो
मेरे सुर बख़्श दो, मेरी नै बख़्श दो
आज सारी फ़ज़ा[13] भिकारी है
और मैं इस भिकारी फ़ज़ा में
अपने नग़्मों की झोली पसारे
दर-ब-दर फिर रहा हूँ
मुझको फिर मेरा खोया हुआ साज़ दो
मैं तुम्हारा मुग़न्नी—तुम्हारे लिए
जब भी आया, नए गीत लाता रहूँगा

---

1. दासता की बेड़ी 2. समुद्र और धरती 3. छत और द्वार 4. अन्धकार फैलाने वाले
5. झण्डे 6. पहाड़ों 7. पत्थरों और ईंट 8. जागरूक 9. निर्माण 10. पूर्णता 11. प्रतीक्षा में
12. तरावट 13. वातावरण

तुलूए-इश्तिराकियत[1]

जश्न बर्पा है[2] कुटियाओं में, ऊँचे ऐवां[3] काँप रहे हैं।
मज़दूरों के बिगड़ते तेवर देखके सुल्ताँ काँप रहे हैं

जागे हैं अफ़्लास[4] के मारे, उट्ठे हैं बेबस दुखियारे
सीनों में तूफ़ाँ का तलातुम[5], आँखों में बिजली के शरारे

चौक-चौक पर, गली-गली में, सुर्ख़ फरेरे लहराते हैं
मज़लूमों के बाग़ी लश्कर सैल-सिफ़त[6] उमड़े आते हैं

शाही दरबारों के दर से फ़ौजी पहरे ख़त्म हुए हैं
ज़ाती[7] जागीरों के हक़ और मोहमल[8] दावे ख़त्म हुए हैं

शोर मचा है बाज़ारों में, टूट गए दर ज़िन्दानों के[9]
वापस माँग रही है दुनिया ग़सब-शुदा हक़[10] इन्सानों के

रुसवा बाज़ारी ख़ातूनें[11] हक़्क़े-निसाई[12] माँग रही हैं
सदियों की ख़ामोश ज़बानें सहर नवाई[13] माँग रही हैं

रौंदी कुचली आवाज़ों के शोर से धरती गूँज उठी है
दुनिया के अन्याय-नगर में हक़ की पहली गूँज उठी है

जमअ़ हुए हैं चौराहों पर आकर भूके और गदागर[14]
एक लपकती आँधी बनकर, एक धधकता शो'ला होकर

---

1. समाजवाद का उदय 2. उत्सव हो रहा है 3. महल 4. निर्धनता 5. जर 6. तूफ़ान की तरह
7. निजी 8. अर्थहीन आधार-रहित 9. कारागृहों के द्वार 10. हड़पे हुए अधिकार
11. अपमानित बाज़ारी औरतें 12. स्त्रीत्व का अधिकार 13. जादुई आवाज़ 14. भिखारी

काँधों पर संगीन कुदालें, होंटों पर बेबाक[1] तराने
दहक़ानों के दल निकले हैं अपनी बिगड़ी आप बनाने

आज पुरानी तद्बीरों से[2] आग के शोले थम न सकेंगे
उभरे जज़्बे दब न सकेंगे उखड़े परचम[3] जम न सकेंगे

राजमहल के दरबानों से ये सरकश तूफ़ां न रुकेगा
चंद किराए के तिनकों से सैले-बेपायाँ[4] न रुकेगा

काँप रहे हैं ज़ालिम सुल्ताँ, टूट गए दिल जब्बारों के[5]
भाग रहे हैं ज़िल्ले-इलाही[6] मुँह उतरे हैं ग़द्दारों के

एक नया सूरज चमका है, एक अनोखी ज़ू-बारी[7] है
ख़त्म हुई अफ़राद की शाही[8], अब जम्हूर[9] की सालारी[10] है

---

1. निडर 2. उपायों से 3. झण्डे 4. अथाह तूफ़ान 5. अत्याचारियों के 6. बादशाह 7. प्रकाश
की वर्षा 8. व्यक्तियों की सत्ता 9. जनता 10. सेनापतित्व

एक शाम

क़ुमक़ुमों की ज़हर उगलती रौशनी
संगदिल, पुरहौल दीवारों के साये,
आहनी बुत, देव-पैकर अजनबी[1]
चीख़ती-चिंघाड़ती ख़ूनी सरायें[2]—
रूह उलझी जा रही है, क्या करूँ?

चार जानिब इर्तआशे-रंगे-नूर[3]
चार जानिब अजनबी बाँहों के जाल,
चार जानिब ख़ूँफ़शाँ परचम बुलंद[4]
मैं, मिरी ग़ैरत, मेरा दस्ते-सवाल[5]—
ज़िंदगी शर्मा रही है, क्या करूँ?

कारगाहे-ज़ीस्त[6] के हर मोड़ पर
रूहे-चंगेज़ी बरअफ़गंदा निक़ाब[7]
थाम, ऐ सुब्हे-जहाने-नौ की ज़ौ[8],
जाग, ऐ मुस्तक़बिले, इंसाँ के ख़्वाब![9]
आह डूबी जा रही है, क्या करूँ?

---

1. लोहे के बुतों जैसे संवेदनाहीन और दैत्यों-दानवों जैसे अजनबी लोग 2. क़ातिल सराय
3. चारों तरफ़ रंगों और रोशनी की थरथराहट 4. ऊँचे-लहराते ख़ूनी झंडे 5. मैं, मेरा स्वाभिमान
और याचना के लिए फैला हुआ हाथ 6. जीवन के कार्यक्षेत्र 7. नक़ाव उल्टे हुए ज़ालिम लोग
8. नयी दुनिया की सुबह की रौशनी 9. इंसान के भविष्य के सपने

वफ़ादारी

ख़ूने-जमहूर में भीगे हुए परचम[1] लेकर
मुझसे अफ़राद की शाही[2] ने वफ़ा माँगी है
सुबह के नूर पे ताज़ीर[3] लगाने के लिए
शब की संगीन सियाही ने वफ़ा माँगी है

और ये चाहा है कि मैं क़ाफ़्ला-ए-आदम[4] को
टोकने वाली निगाहों का मददगार बनूँ
जिस तसव्वुर से चिराग़ाँ है सरे-ज़ादा-ए-जीस्त[5]
उस तसव्वुर की हज़ीमत[6] का गुनहगार बनूँ

जुल्म-पर्वर्दा क़वानीनी के ऐवानों से[7]
बेड़ियाँ तकती हैं, ज़ंजीर सदा देती है
ताक़े-तादीब से[8] इंसाफ के बुत घूरते हैं
मसनदे-अद्ल[9] से शमशीर सदा देती है
लेकिन ऐ अज़्मते इंसाँ[10] के सुनहरे ख़्वाबो,
मैं किसी ताज की सतवत का परस्तार नहीं[11]
मेरे अफ़कार का उन्वाने-इरादत तुम हो
मैं तुम्हारा हूँ, लुटेरों का वफ़ादार नहीं

---

1. जनता के ख़ून का झंडा 2. गिने-चुने लोगों की हुकूमत 3. पाबंदी 4. इंसानी काफ़िले
5. जिस ख़याल का कल्पना से ज़िंदगी की राह रौशन है 6. उस ख़याल या कल्पना की पराजय
7. अत्याचारी कानूनों के शाही महल या संसद से 8. नसीहत या घुड़कियों के ताख़ से,
9. इंसाफ के सिंहासन 10. इंसानी महानता 11. मैं किसी ताज के दबदबे को मानने वाला
नहीं हूँ

ये किसका लहू है, कौन मरा?

ऐ रहबरे - मुल्को - क़ौम[1] ज़रा
आँखें तो उठा, नज़रें तो मिला,
कुछ हम भी सुनें, हम को भी बता
ये किसका लहू है, कौन मरा?

धरती की सुलगती छाती के बेचैन शरारे पूछते हैं
तुम लोग जिन्हें अपना न सके, वो ख़ून के धारे पूछते हैं
सड़कों की ज़बाँ चिल्लाती है, सागर के किनारे पूछते हैं

ये किसका लहू है, कौन मरा?
ऐ रहबरे - मुल्को - क़ौम बता
ये किसका लहू है, कौन मरा?

वो कौन-सा जज़्बा था जिससे फ़र्सूदा निज़ामे-जीस्त[2] हिला
झुलसे हुए वीराँ गुलशन में इस आस-उमीद का फूल खिला
जनता का लहू फ़ौजों से मिला, फ़ौजों का लहू जनता से मिला

ये किसका जुनूँ है, कौन मरा?
ऐ रहबरे - मुल्को - क़ौम बता
ये किसका लहू है, कौन मरा?

क्या क़ौमो-वतन की जय गाकर मरते हुए राही गुंडे थे?
जो देश का परचम ले के उठे, वो शोख़ सिपाही गुंडे थे?
जो बारे-गुलामी[3] सह न सके, वो मुजरिमे-शाही गुंडे थे?

---

1. देश और राष्ट्र के अगुआ नेता 2. सड़ा-गला हुआ ज़िंदगी का ढाँचा 3. गुलामी का बोझ

ये किसका लहू है, कौन मरा?
ऐ रहबरे - मुल्को - क़ौम बता
ये किसका लहू है, कौन मरा?

ऐ अज़्मे-फ़ना[1] देने वालो, पैग़ामे-बक़ा[2] देने वालो!
अब आग से क्यूँ कतराते हो, शोलों को हवा देने वालो!
तूफ़ान से अब क्यों डरते हो, मौजों को सदा देने वालो!

क्या भूल गए अपना नारा?
ऐ रहबरे - मुल्को - क़ौम बता
ये किसका लहू है, कौन मरा?

समझौते की उम्मीद सही, सरकार के वादे ठीक सही
हाँ, मश्के-सितम अफ़साना सही[3], हाँ, प्यार के वादे ठीक सही
अपनों के कलेजे मत छेदो, अगियार के वादे[4] ठीक सही

जमहूर से यूँ दामन न छुड़ा
ऐ रहबरे - मुल्को - क़ौम बता
ये किसका लहू है, कौन मरा?

हम ठान चुके हैं अब जी में, हर ज़ालिम से टकराएँगे
तुम समझौते की आस रखो, हम आगे बढ़ते जाएँगे
हर मंज़िले-आज़ादी की क़सम, हर मंज़िल पे दोहराएँगे

ये किसका लहू है, कौन मरा?
ऐ   रहबरे-मुल्को-क़ौम   बता,
ये किसका लहू है, कौन मरा?

(फरवरी 1946 में बम्बई की गोदी पर
जहाज़ियों की बगावत कुचलने के मौक़े पर)

---

1. मूल का संकल्प 2. जीवन-संदेश 3. यह अत्याचार कौन अभ्यास एक गुज़रा हुआ किस्सा
ही सही 4. गैरों के वादे

गाँधी हो या ग़ालिब हो

गाँधी हो या ग़ालिब हो
ख़त्म हुआ दोनों का जश्न
आओ, इन्हें अब कर दें दफ़न

ख़त्म करो तहज़ीब की बात, बंद करो कल्चर का शोर
सत्य, अहिंसा सब बकवास, तुम भी क़ातिल हम भी चोर

ख़त्म हुआ दोनों का जश्न
आओ, इन्हें अब कर दें दफ़न

वो बस्ती के गाँव ही क्या, जिसमें हरिजन हों आज़ाद
वो कस्बा वो शहर ही क्या, जो न बने अहमदाबाद

ख़त्म हुआ दोनों का जश्न
आओ, इन्हें अब कर दें दफ़न

गाँधी हो या ग़ालिब हो, दोनों का क्या काम यहाँ
अबके बरस भी क़त्ल हुई, इक की शिक्षा, इक की ज़बाँ

ख़त्म हुआ दोनों का जश्न
आओ, इन्हें अब कर दें दफ़न

(गाँधी शताब्दी और ग़ालिब शताब्दी के
समापन के मौके पर, 1970 में)

लेनिन

क्या जाने, तेरी उम्मत[1] किस हाल को पहुँचेगी
बढ़ती चली जाती है तादाद इमामों[2] की,
हर गोशा-ए-मग़रिब[3] में, हर ख़ित्ता-ए-मशरिक़[4] में
तशरीह दिगरगूँ है अब तेरे पयामों की[5]
वो लोग जिन्हें कल तक दावा था रिफ़ाक़त[6] का
तज़लील[7] पे उतरे हैं, अपनों ही के नामों की,
बिगड़े हुए तेवर हैं नौउम्र सियासत[8] के
बिफरी हुई साँसें हैं नौमश्क़ निज़ामों[9] की,
तबक़ों[10] से निकल कर हम फ़िक़्रों में न[11] बह जाएँ
बन कर न बिगड़ जाए तक़दीर ग़ुलामों की!

(लेनिन की जन्मशती के मौक़े पर, 1970 में)

---

1. शव 2. पुरोहित 3. पश्चिमी क्षेत्र 4. पूर्वी क्षेत्र 5. तुम्हारे संदेशों की व्याख्याएँ बदली हुई हैं 6. साथ होने का 7. अपमानित करने 8. नौसिखिआ राजनीति 9. नई-नई हुकूमतों 10. वर्गों 11. जाति और सम्प्रदाय

जुल्म के ख़िलाफ़

हम अम्न चाहते हैं, मगर जुल्म के ख़िलाफ,
गर जंग लाज़िमी है, तो फिर जंग ही सही!

ज़ालिम को जो न रोके, वो शामिल है जुल्म में
क़ातिल को जो न रोके, वो क़ातिल के साथ है
हम सर-ब-कफ़[1] उठे हैं कि हक़ फ़तहयाब हो[2]
कह दो उसे जो लश्करे-बातिल[3] के साथ है—

इस ढंग पर है ज़ोर तो ये ढंग ही सही
गर जंग लाज़िमी है, तो फिर जंग ही सही

ज़ालिम की कोई ज़ात, न मज़हब, न कोई क़ौम
ज़ालिम के लब पे ज़िक्र भी इनका गुनाह है,
फलती नहीं है शाख़े-सितम इस ज़मीन में
तारीख़[4] जानती है, ज़माना गवाह है

कुछ कोरबातिनों[5] की नज़र तंग ही सही
गर जंग लाज़िमी है, तो फिर जंग ही सही

यह ज़र[6] की जंग है, न ज़मीनों की जंग है
यह जंग है बक़ार के उसूलों[7] के वास्ते
जो ख़ून हमने नज़्र किया है ज़मीन को
वो ख़ून है गुलाब के फूलों के वारते

फूटेगी सुब्हे-अम्न[8], लहू रंग ही सही
गर जंग लाज़िमी है, तो फिर जंग ही सही

---

1. हथेली पर सिर लेकर 2. सत्य की जीत हो 3. झूठ पर टिके लोगों की फ़ौज 4. इतिहास
5. दिमाग़ी तौर पर अंधे 6. धन-दौलत 7. ज़िंदगी और अस्तित्व के सिद्धांत 8. शांति की सुबह

ख़ून फिर ख़ून है, टपकेगा तो जम जाएगा

(एक मक़्तूल लुमुम्बा[1] एक ज़िन्दा लुमुम्बा से कहीं ज़्यादा ताकतवर होता है।
—जवाहरलाल नेहरू)

ज़ुल्म फिर ज़ुल्म है, बढ़ता है तो मिट जाता है
ख़ून फिर ख़ून है, टपकेगा तो जम जाएगा

ख़ाके-सहरा[2] पे जमे, या कफ़्रे-क़ातिल[3] पे जमे
फ़र्क़े-इंसाफ पे, या पा-ए-सलासिल[4] पे जमे
तेग़े-बेदाद पे, या लाश-ए-बिस्मिल[5] पे जमे,
ख़ून फिर ख़ून है, टपकेगा तो जम जाएगा

लाख बैठे कोई छुप-छुप के कमींगाहों[6] में
ख़ून खुद देता है जल्लादों के मस्कन[7] का सुराग़
साज़िशें लाख उढ़ाती रहें ज़ुल्मत की नक़ाब
लेके हर बूँद निकलती है हथेली पे चिराग़

ज़ुल्म की क़िस्मते-नाकारा-ओ-रुस्वा[8] से कहो
जब्र की हिकमते-पुरकार के ईमाँ[9] से कहो
महमिले-मजलिसे-अक़वाम की लैला[10] से कहो
ख़ून दीवाना है दामन पे लपक सकता है
शोला-ए-तुंद[11] है, ख़िरमन[12] पे लपक सकता है।

---

1. शहीद लुमुम्बा, अफ्रीकी मुक्ति आंदोलन के महान नेता पैट्रिस लुमुम्बा, जिनका क़त्ल वहां की नस्लवादी हुकूमत ने 1962 में कर दिया था 2. रेगिस्तान की रेत 3. क़ातिल की हथेली 4. इंसाफ़ के सिर पर गिरे या बेड़ियो में जकड़े पैरों पर 5. ज़ुल्म की तलवार पर गिरे या ज़ख्मों से छटपटाते शरीर पर 6. आड़ 7. ठिकाने 8. अन्याय की निकम्मी और बदनाम क़िस्मत 9. अत्याचार की मक्कार युक्तियों के ईमान 10. यहाँ शब्दिक अर्थ से भिन्न, संयुक्त राष्ट्र की ओर कटाक्षपूर्ण संकेत है 11. दहकता अंगारा 12. अनाज के ढेर पर

तुमने जिस ख़ून को मक़्तल[1] में दबाना चाहा
आज वो कूचा-ओ-बाज़ार में आ निकला है
कहीं शोला, कहीं नाराँ, कहीं पत्थर बन कर
ख़ून चलता है, तो रुकता नहीं संगीनों से
सर उठाता है, तो दबता नहीं आईनों[2] से

ज़ुल्म की बात ही क्या, ज़ुल्म की औकात ही क्या
ज़ुल्म बस ज़ुल्म है आग़ाज से अंजाम तलक
ख़ून फिर ख़ून है, सौ शक्ल बदल सकता है—
ऐसी शक्लें, कि मिटाओ तो मिटाए न बने
ऐसे शोले, कि बुझाओ तो बुझाए न बने
ऐसे नारे, कि दबाओ तो दबाए न बने

ज़ुल्म फिर ज़ुल्म है, बढ़ता है तो मिट जाता है
ख़ून फिर ख़ून है, टपकेगा तो जम जाएगा।

---

1. कत्लगाह या वधस्थल 2. कानून

आओ कि कोई ख़्वाब बुनें

आओ कि कोई ख़्वाब बुनें, कल के वास्ते
वर्ना ये रात, आज के संगीन दौर[1] की
डस लेगी जानो-दिल को कुछ ऐसे कि जानो-दिल
ता उम्र[2] फिर न कोई हसीं ख़्वाब बुन सकें

गो हमसे भागती रही ये तेज़-गाम[3] उम्र
ख़्वाबों के आसरे पे कटी है तमाम उम्र

ज़ुल्फ़ों के ख़्वाब, होंटों के ख़्वाब और बदन के ख़्वाब
मैराजे-फ़न[4] के ख़्वाब, कमाले-सुख़न[5] के ख़्वाब
तहज़ीबे-ज़िन्दगी[6] के, फ़ुरोग़े-वतन[7] के ख़्वाब
ज़िन्दाँ[8] के ख़्वाब, कूचाए-दारो-रसन[9] के ख़्वाब

ये ख़्वाब ही तो अपनी जवानी के पास थे
ये ख़्वाब ही तो अपने अमल की असास[10] थे
ये ख़्वाब मर गए हैं तो बेरंग है हयात
यूँ है कि जैसे दस्ते-तहे-संग[11] है हयात

आओ कि कोई ख़्वाब बुनें कल के वास्ते
वर्ना ये रात आज के संगीन दौर की
डस लेगी जानो-दिल को कुछ ऐसे कि जानो-दिल
ता-उम्र फिर न कोई हसीं ख़्वाब बुन सकें

---

1. कठोर युग 2. जीवन भर 3. तीव्र गति 4. कला की निपुणता 5. काव्य की परिपूर्णता
6. जीवन की सभ्यता 7. देश की उन्नति 8. कारागार 9. फाँसी के मार्ग 10. नींव
11. पत्थर के नीचे दबा हुआ हाथ

ज़िन्दगी से उन्स है

ज़िन्दगी से उन्स[1] है
हुस्न से लगाव है
धड़कनों में आज भी इश्क़ का अलाव है
दिल अभी बुझा नहीं

रंग भर रहा हूँ मैं
ख़ाका ए-हयात[2] में
आज भी हूँ मुन्हमिक[3]
फ़िक्रे-कायनात[4] में
ग़म अभी लुटा नहीं

हर्फ़े-हक़[5] अज़ीज़ है
ज़ुल्म नागवार है
अहदे-नौ[6] से आज भी
अहद[7] उस्तुवार[8] है
मैं अभी मरा नहीं

---

1. प्रेम, अनुराग 2. जीवन चित्र 3. व्यस्त 4. जग की चिंता 5. सच्ची बात 6. नया ज़माना
7. बात, वादा 8. पक्का

ग़ज़लें

1

जब कभी उनकी तवज्जोह में कमी पाई गई
अज़-सरे-नौ दास्ताने-शौक़[1] दुहराई गई

बिक गए जब तेरे लब, फिर तुझको क्या शिकवा अगर
ज़िन्दगानी वादा-ओ-सागर से बहलाई गई

ऐ ग़मे-दुनिया तुझे क्या इल्म तेरे वास्ते
किन बहानों से तबीयत राह पर लाई गई

हम करें तर्के-वफ़ा[2], अच्छा चलो यूँ ही सही
और अगर तर्के-वफ़ा से भी न रुसवाई गई?

कैसे-कैसे चश्मो-आरिज़[3] गर्दे-ग़म से[4] बुझ गए
कैसे-कैसे पैकरों की[5] शाने-ज़ेबाई[6] गई

दिल की धड़कन में तवाज़ुन[7] आ चला है, ख़ैर हो
मेरी नज़रें बुझ गईं या तेरी रानाई[8] गई

उनका ग़म, उनका तसव्वुर[9] उनके शिकवे अब कहाँ?
अब तो ये बातें भी ऐ दिल! हो गईं आई-गई

जुरते-इंसाँ[10] पे गो तादीब[11] के पहरे रहे
फ़ितरते-इंसाँ[12] को ज़ंजीर पहनाई गई

अर्सा.ए-हस्ती[13] में अब तेशाज़नों[14] का दौर है
रस्मे-चंगेज़ी उठी, तौक़ीरे-दाराई[15] गई

---

1. प्रेम-कथा 2. प्रणय-त्याग 3. आँखें और कपोल 4. ग़म की धूल से 5. शरीरों की
6. सज्जा 7. संतुलन 8. लावण्यता 9. कल्पना 10. मानव के साहस 11. नसीहत
12. मानव-स्वभाव 13. दुनिया 14. मेहनतकशों का 15. बादशाही शानोशौकत

2

मोहब्बत तर्क की मैंने, गरेबाँ सी लिया मैंने
ज़माने अब तो खुश हो, ज़हर ये भी पी लिया मैंने

अभी ज़िन्दा हूँ लेकिन सोचता रहता हूँ ख़ल्वत[1] में
कि अब तक किस तमन्ना के सहारे जी लिया मैंने

उन्हें अपना नहीं सकता मगर इतना भी क्या कम है
कि कुछ मुद्दत हसीं ख़्वाबों में खोकर जी लिया मैंने

बस अब तो दामने-दिल छोड़ दो बेकार उम्मीदों
बहुत दुख सह लिया मैंने, बहुत दिन जी लिया मैंने

---

1. एकान्त

3

तंग आ चुके हैं कश्मकशे-ज़िन्दगी से हम
ठुकरा न दें जहाँ को कहीं बेदिली से हम

मायूसी-ए-माआले-मोहब्बत[1]   न   पूछिए
अपनों से पेश आए हैं बेगानगी से हम

लो आज हमने तोड़ दिया रिश्ता-ए-उम्मीद[2]
लो अब कभी गिला न करेंगे किसी से हम
उभरेंगे एक बार अभी दिल के वलवले
गो दब गए हैं बारे-ग़मे-ज़िन्दगी से[3] हम

गर ज़िन्दगी में मिल गए फिर इत्तफ़ाक़ से
पूछेंगे अपना हाल तेरी बेबसी से हम

अल्लाह रे फ़रेबे-मशीयत[4] कि आज तक
दुनिया के ज़ुल्म सहते रहे ख़ामोशी से हम

---

1. प्रेम के परिणाम की निराशा 2. आशा का सम्बन्ध 3. जीवन की चिन्ताओं के बोझ से
4. दैवेच्छा की प्रवंचना

4

खुद्दारियों[1] के ख़ून को अज़ाँ[2] न कर सके
हम अपने जौहरों[3] को नुमायां[4] न कर सके

होकर ख़राबे-मय[5] तेरे ग़म तो भुला दिए
लेकिन ग़मे-हयात का दरमाँ[6] न कर सके

टूटा तिलिस्मे-अहदे-मोहब्बत[7] कुछ इस तरह
फिर आरज़ू की शमुअ फ़रोज़ाँ[8] न कर सके

हर शै क़रीब आके कशिश अपनी खो गई
वो भी इलाजे-शौक़े-गुरेज़ाँ[9] न कर सके

किस दर्जा दिलशिकन[10] थे मोहब्बत के हादिसे
हम ज़िन्दगी में फिर कोई अरमाँ न कर सके

मायूसियों ने छीन लिए दिल के वलवले
वो भी निशाते-रूह का सामाँ[11] न कर सके

---

1. आत्म सम्मान 2. हल्का 3. गुण या खूबियाँ 4. प्रकट 5. शराब में डूबकर 6. दुखों का इलाज 7. प्रेम का जादू 8. रौशन 9. प्रेम विमुखता का इलाज 10. दिल तोड़ने वाले 11. हार्दिक खुशी का बंदोबस्त या प्रबंध

5

देखा है ज़िंदगी को कुछ इतना क़रीब से
चेहरे तमाम लगने लगे हैं अजीब से

ऐ रूहे-अस्र[1] जाग, कहाँ सो रही है तू
आवाज़ दे रहे हैं पयम्बर[2] सलीब से

इस रेंगती हयात[3] का कब तक उठाएँ बार[4]
बीमार अब उलझने लगे हैं तबीब[5] से

हर गाम[6] पे है मज्मए-उश्शाक़ मुंतज़िर[7]
मक़्तल की राह मिलती है कूए-हबीब[8] से

इस तरह ज़िंदगी ने दिया है हमारा साथ
जैसे कोई निबाह रहा हो रक़ीब से

---

1. युग की आत्मा 2. अवतार, पैगम्बर 3. ज़िंदगी 4. बोझ 5. हकीम या वैद्य या डाक्टर
6. क़दम 7. आशिक़ों का समूह इंतज़ार करता हुआ 8. प्रेमी की गली

6

नग़मा जो है तो रूह में है, नै[1] में कुछ नहीं
गर तुझ में कुछ नहीं, तो किसी शै[2] में कुछ नहीं

तेरे लहू की आँच से गर्मी है जिस्म की
मय के हज़ार वस्फ़[3] सही, मय में कुछ नहीं

जिसमें ख़ुलूसे-फ़िक्र[4] न हो, वो सुख़न[5] फ़ुज़ूल
जिसमें न दिल शरीक हो, उस लय में कुछ नहीं

कश्कोले-फ़न[6] उठा के सू-ए-सारवाँ[7] न जा
अब दस्ते-इख़्तियारे-जमो-कै[8] में कुछ नहीं

---

1. बाँसुरी 2. चीज़ या वस्तु 3. गुण या ख़ूबियाँ 4. सच्चा या हार्दिक चिंतन 5. कविता या शायरी 6. कविताई या शायरी का भिक्षापात्र 7. सरकार में बैठे लोगों की तरफ़ 8. जमशेद आदि बादशाहों के अधिकार में

7

अब आएँ या न आएँ इधर, पूछते चलो
क्या चाहती है उनकी नज़र, पूछते चलो

हमसे अगर है तर्के-तअल्लुक़[1] तो क्या हुआ
यारो, कोई तो उनकी ख़बर पूछते चलो

जो ख़ुद को कह रहे हैं कि मंज़िल-शनास[2] हैं
उनको भी क्या ख़बर है, मगर पूछते चलो

किस मंज़िले-मुराद की जानिब रवाँ हैं हम[3]
ऐ रहरवाने-ख़ाक-ब-सर[4], पूछते चलो

---

1. संबंध-विच्छेद 2. मंज़िल के जानकार 3. किस इच्छित मंज़िल की तरफ़ हम बढ़ रहे हैं
4. पैरों से सिर तक धूल में लिथड़े राहगीर

8

अक़ाइद[1] वहम हैं, मज़हब ख़याले-ख़ाम[2] है साक़ी
अज़ल से ज़ेहने-इंसाँ बस्तए-औहाम[3] है साक़ी

हक़ीक़त-आश्नाई[4], अस्ल में गुमकर्दा-राही[5] है
उरूसे-आगही परवर्दए-अबहाम है[6] साक़ी

मुबारक हो ज़ईफ़ी[7] को ख़िरद की फ़ल्सफ़ादानी[8]
जवानी बे-नियाज़े-इब्रते-अंजाम[9] है साक़ी

हवस होगी असीरे-हल्क़ा-ए-नेको-बदे-आलम[10]
मुहब्बत मावरा-ए-फ़िक्रे-नंगो-नाम[11] है साक़ी

अभी तक रास्ते के पेचो-ख़म से दिल धड़कता है
मेरा ज़ौक़े-तलब[12] शायद अभी तक ख़ाम[13] है साक़ी

वहाँ भेजा गया हूँ चाक करने पर्दा-ए-शब को
जहाँ हर सुबह के दामन पे अक्से-शाम है साक़ी

मेरे सागर में मै है और तिरे हाथों में बरबत[14] है
वतन की सरज़मीं पे भूख से कोहराम है साक़ी

ज़माना बर-सरे-पैकार है पुरहौल शोलों से[15]
तिरे लब पे अभी तक-नग़्मा-ए-ख़य्याम है साक़ी

---

1. पुरानी मान्यताएँ 2. अपरिपक्व या कच्चा विचार 3. इंसान का दिमाग आदिकाल से भ्रमों का शिकार है 4. सत्य की खोज 5. पथ का भटकाव 6. ज्ञान रूपी दुल्हन भ्रमों के पर्दे में क़ैद है 7. बुढ़ापा 8. बौद्धिक चिंतन 9. अंजाम या परिणाम से बेपरवाह 10. हवस यानी वासना दुनिया की अच्छाई-बुराई के घेरे में बंद होगी 11. प्रेम नामवरी और बदनामी की फिक्र से मुक्त है 12. तलाश की अभिरुचि 13. अपरिपक्व 14. एक बाजा 15. ज़माना भयानक शोलों से जूझ रहा है

9

नफ़स के लोच में रम ही नहीं[1] कुछ और भी है
हयात सागरे - सम ही नहीं[2], कुछ और भी है

मिरी नदीम[3], मुहब्बत की रिफ़अतों से[4] न गिर
बुलंद बामे - हरम ही नहीं[5], कुछ और भी है

तिरी निगाह मिरे ग़म की पासदार[6] सही
मिरी निगाह में ग़म ही नहीं, कुछ और भी है

ये इज़्तिनाब है अक्से - शऊरे - महबूबी[7]
ये एहतियात सितम ही नहीं, कुछ और भी है

इधर भी एक उचटती नज़र, कि दुनिया में
फ़रोगे - महफ़िले - जम[8] ही नहीं, कुछ और भी है

नये जहान बसाये हैं फ़िक्रे - आदम[9] ने
अब इस ज़मीं पे इरम[10] ही नहीं, कुछ और भी है

---

1. साँसों की गति में आना-जाना ही नहीं 2. जीवन विष का प्याला ही नहीं 3. साथी
4. ऊँचाइयों से 5. महल की छत ही ऊँची नहीं 6. मेरे दुख की ख़ैर-ख़बर रखने वाली
7. यह उपेक्षा प्रेम की समझ और भावना की झलक है 8. बादशाही महफिल का ऐश्वर्य
9. मानव चिंतन 10. जन्नत या स्वर्ग

10

भड़का रहे हैं आग लबे - नग़्मा - गर[1] से हम
ख़ामोश क्या रहेंगे ज़माने के डर से हम

कुछ और बढ़ गए जो अँधेरे तो क्या हुआ
मायूस तो नहीं हैं तुलू - ए - सहर[2] से हम

ले दे के अपने पास फ़क़त इक नज़र तो है
क्या देखें ज़िंदगी को किसी की नज़र से हम

माना कि इस ज़मीं को न गुलज़ार कर सके
कुछ ख़ार कम तो कर गए, गुज़रे जिधर से हम

---

1. गाने वाले होंठ 2. सुबह के होने

11

इस तरफ़ से गुज़रे थे काफ़िले बहारों के
आज तक सुलगते हैं, ज़ख़्म रहगुज़ारों के

ख़ल्वतों के शैदाई[1] ख़ल्वतों में खुलते हैं
हम से पूछ कर देखो, राज़ पर्दादारों के

पहले हँस के मिलते हैं, फिर नज़र चुराते हैं
आश्ना सिफ़त[2] हैं लोग, अजनबी दयारों[3] के

शुग़ल - ए - मय परस्ती गो, जश्ने-नामुरादी था[4]
यूँ भी कट गये कुछ दिन, तेरे सोगवारों[5] के

---

1. एकांतपसंद लोग 2. दोस्ती का दिखावा करने वाले 3. जगहों 3. शराबखोरी का शग़ल
यद्यपि नाकामी याने असफलता का जश्न था 5. तेरे विछोह से शोकग्रस्त लोग

12

देखा तो था यूँ ही किसी ग़फ़लत-शआर[1] ने
दीवाना कर दिया दिले-बेइख़्तियार[2] ने

ऐ आरज़ू के धुँधले ख़राबों[3] जवाब दो
फिर किस की याद आई थी मुझको पुकारने

तुझको ख़बर नहीं, मगर इक सादालौह[4] को
बरबाद कर दिया तिरे दो दिन के प्यार ने

मैं और तुमसे तर्के-मुहब्बत की आरज़ू
दीवाना कर दिया है ग़मे-रोज़गार[5] ने

अब ऐ दिले-तबाह, तेरा क्या ख़याल है
हम तो चले थे काकुले-गेती[6] सँवारने

---

1. लापरवाह व्यक्ति 2. बेबस दिल 3. खंडहरों 4. भोलाभाला व्यक्ति 5. दुनियाबी दुख
6. दुनियावी केश या बाल

13

अहले-दिल[1] और भी हैं, अहले-वफ़ा[2] और भी हैं
एक हम ही नहीं, दुनिया से ख़फ़ा[3] और भी हैं

हम पे ही ख़त्म नहीं मस्लके-शोरीदा सरी[4]
चाक-दिल[5] और भी हैं, चाक-क़बा[6] और भी हैं

क्या हुआ, गर मेरे यारों की ज़बानें चुप हैं
मेरे शाहिद[7], मेरे यारों के सिवा और भी हैं

सर सलामत है तो क्या संगे-मलामत[8] की कमी
जान बाक़ी है तो पैकाने-कज़ा[9] और भी हैं

मुन्सिफ़े शहर[10] की वहदत[11] पे न हफ़[12] आ जाए
लोग कहते हैं कि अरबाबे-जफ़ा[13] और भी हैं

---

1. दिल वाले 2. वफ़ा करने वाले 3. नाराज़ 4. पागलपन का पंथ 5. जिनके दिल टूट चुके हैं 6. फटे चोलेवाले 7. साक्षी, गवाह 8. दुत्कार के लिए मारा गया पत्थर 9. मौत के तीर 10. न्यायाधीश 11. निष्पक्षता 12. आँच 13. कष्ट देने वाले

14

हवस-नसीब[1] नज़र को कहीं क़रार[2] नहीं
मैं मुन्तज़िर हूँ, मगर तेरा इन्तिज़ार नहीं

हमीं से रंगे-गुलिस्तां, हमीं से रंगे-बहार
हमीं को निज़ामे-गुलिस्तां[3] पे इख़्तियार नहीं

अभी न छेड़ मोहब्बत के गीत ऐ मुतरिब[4]
अभी हयात[5] का माहौल[6] खुशगवार नहीं

तुम्हारे अहदे-वफ़ा[7] को मैं अहद क्या समझूँ
मुझे ख़ुद अपनी मोहब्बत का एतिबार नहीं

न जाने कितने गिले[8] इसमें मुज़्तरिब[9] हैं नदीम[10]
वो एक दिल जो किसी का गिला-गुज़ार नहीं

गुरेज़ का नहीं क़ायल हयात से[11], लेकिन
जो सच कहूँ तो मुझे मौत नागवार[12] नहीं

ये किस मक़ाम गे पहुँचा दिया ज़गाने ने
कि अब हयात पे तेरा भी इख़्तियार नहीं

---

1. लोलुपता-प्रिय 2. चैन 3. उद्यान की व्यवस्था 4. गायक 5. जीवन 6. वातावरण 7. वफ़ादार रहने की प्रतिज्ञा 8. शिकायतें 9. आकुल 10. साथी 11. जीवन के भागने के पक्ष में नहीं हूँ 12. अप्रिय

फ़िल्मी गीत

अश्कों में जो पाया है, वो गीतों में दिया है
इस पर भी सुना है, कि ज़माने को गिला है
जो तार से निकली है, वो धुन सबने सुनी है
जो साज़ पे गुज़री है, वो किस दिल को पता है

चलो, इक बार फिर से अजनबी

चलो इक बार फिर से अजनबी बन जाएँ हम दोनों!

न मैं तुम से कोई उम्मीद रखूँ दिलनवाज़ी की
न तुम मेरी तरफ़ देखो ग़लत-अंदाज़ नज़रों से
न मेरे दिल की धड़कन लड़खड़ाए मेरी बातों से
न ज़ाहिर हो तुम्हारी कशमकश का राज़ नज़रों से

तुम्हें भी कोई उलझन रोकती है पेश-क़दमी से[1]
मुझे भी लोग कहते हैं कि ये जलवे पराए हैं
मेरे हमराह भी रुसवाइयाँ हैं मेरे माज़ी की[2]
तुम्हारे साथ भी गुज़री हुई रातों के साए हैं

तआरुफ़[3] रोग हो जाए तो उसको भूलना बेहतर
तअल्लुक़ बोझ बन जाए तो उसको तोड़ना अच्छा
वो अफ़साना[4] जिसे अंजाम[5] तक लाना न हो मुमकिन
उसे इक ख़ूबसूरत मोड़ देकर छोड़ना अच्छा

चलो इक बार फिर से अजनबी बन आएँ हम दोनों!

---

1. पहल करने से 2. अतीत की 3. परिचय 4. कहानी 5. अन्त, परिणाम

वो सुबह कभी तो आएगी

वो सुबह कभी तो जाएगी! वो सुबह कभी तो आएगी!
इन काली सदियों के सर से जब रात का आँचल ढलकेगा
जब दुख के बादल पिघलेंगे, जब सुख का सागर छलकेगा
जब अम्बर झूमके नाचेगा, जब धरती नग़मे गाएगी
वो सुबह कभी तो आएगी!

जिस सुबह की ख़ातिर जुग-जुग से हम सब मर-मरकर जीते हैं
जिस सुबह के अमृत की धुन में हम ज़हर के प्याले पीते हैं
इन भूकी-प्यासी रूहों पर इक दिन तो करम फ़रमाएगी
वो सुबह कभी तो आएगी!

माना कि अभी तेरे-मेरे अरमानों की क़ीमत कुछ भी नहीं
मिट्टी का भी है कुछ मोल मगर, इन्सान की क़ीमत कुछ भी नहीं
इन्सान की इज़्ज़त जब झूटे सिक्कों में न तोली जाएगी
वो सुबह कभी तो जाएगी!

दौलत के लिए जब औरत की इस्मत को न बेचा जाएगा
चाहत को न कुचला जाएगा ग़ैरत को न बेचा जाएगा
अपनी काली करतूतों पर जब ये दुनिया शर्माएगी
वो सुबह कभी तो आएगी!

बीतेंगे कभी तो दिन आख़िर ये भूक के और बेकारी के
टूटेंगे कभी तो बुत आख़िर दौलत की इजारादारी के

जब एक अनोखी दुनिया की बुनियाद उठाई जाएगी
वो सुबह कभी तो आएगी!

मजबूर बुढ़ापा जब सूनी राहों की धूल न फाँकेगा
मासूम लड़कपन जब गन्दी गलियों में भीक न माँगेगा।
हक़ माँगनेवालों को जिस दिन सूली न दिखाई जाएगी!
वो सुबह कभी तो आएगी!

फ़ाक़ों की चिताओं पर जिस दिन इन्साँ न जलाए जाएँगे
सीनों के दहकते दोज़ख़ में अरमाँ न जलाए जाएँगे
ये नरक से भी गन्दी दुनिया जब स्वर्ग बनाई जाएगी
वो सुबह कभी तो आएगी!

जिस सुबह की ख़ातिर जुग-जुग से हम सब मर-मरकर जीते हैं
जिस सुबह के अमृत की धुन में हम ज़हर के प्याले पीते हैं
वो सुबह न आए आज मगर, वो सुबह कभी तो आएगी!
वो सुबह कभी तो आएगी!

किसके रोके रुका है सवेरा!

रात भर का है मेहमाँ अँधेरा
किसके रोके रुका है सवेरा!

रात जितनी भी संगीन होगी
सुब्ह उतनी ही रंगीन होगी

ग़म न कर, गर है बादल घनेरा
किसके रोके रुका है सवेरा!

लब पे शिकवा न ला, अश्क पी ले
जिस तरह भी हो, कुछ देर जी ले

अब उखड़ने को है ग़म का डेरा
किसके रोके रुका है सवेरा!

यूँ ही दुनिया में आकर न जाना
सिर्फ़ आँसू बहा कर न जाना

मुस्कुराहट पे भी हक़ है तेरा
किसके रोके रुका है सवेरा!

जाएँ तो जाएँ कहाँ

जाएँ तो जाएँ कहाँ?
समझेगा कौन यहाँ

दर्द भरे दिल की ज़बाँ?
जाएँ तो जाएँ कहाँ?

मायूसियों का मज्मा है जी में
क्या रह गया है इस ज़िंदगी में—

रूह में ग़म
दिल में धुआँ...
जाएँ तो जाएँ कहाँ?

उनका भी ग़म है, अपना भी ग़म है
अब दिल के बचने की उम्मीद कम है

एक किश्ती
सौ तूफाँ...
जाएँ तो जाएँ कहाँ?

जाने वो कैसे लोग थे

जाने वो कैसे लोग थे जिनके प्यार को प्यार मिला
हमने तो जब कलियाँ माँगीं, काँटों का हार मिला

खुशियों की मंज़िल ढूँढ़ी, तो ग़म की गर्द मिली
चाहत के नग़्मे चाहे, तो आहें-सर्द मिलीं

दिल के बोझ को दूना कर गया, जो ग़मख़्वार मिला
जाने वो कैसे लोग थे जिनके प्यार को प्यार मिला

बिछुड़ गया हर साथी, देकर पल-दो-पल का साथ
किसको फ़ुर्सत है, जो थामे दीवानों का हाथ

हमको अपना साया तक अक्सर बेज़ार मिला
जाने वो कैसे लोग थे जिनके प्यार को प्यार मिला

इसको ही जीना कहते हैं, तो यूँ ही जी लेंगे
उफ़ न करेंगे, लब सी लेंगे, आँसू पी लेंगे

ग़म से अब घबराना कैसा, ग़म सौ बार मिला
जाने वो कैसे लोग थे, जिनके प्यार को प्यार मिला

मैं ज़िंदगी का साथ

मैं ज़िंदगी का साथ निभाता चला गया
हर फ़िक्र को धुएँ में उड़ाता चला गया

बरबादियों का सोग मनाना फ़िज़ूल था
बरबादियों का जश्न मनाता चला गया

जो मिल गया उसी को मुक़द्दर समझ लिया
जो खो गया, मैं उसको भुलाता चला गया

ग़म और खुशी में फ़र्क़ न महसूस हो जहाँ
मैं दिल को उस मुक़ाम पे लाता चला गया

हर फ़िक्र को धुएँ में उड़ाता चला गया
मैं ज़िंदगी का साथ निभाता चला गया...

छू लेने दो नाज़ुक होंठों को

छू लेने दो नाज़ुक होठों को, कुछ और नहीं है, जाम है ये
क़ुदरत ने जो हमको बख़्शा है, वो सबसे हसीं ईनाम है ये

शर्मा के न यूँ ही खो देना, रंगीन जवानी की घड़ियाँ
बेताब धड़कते सीनों का अरमान भरा पैग़ाम है ये

अच्छों को बुरा साबित करना, दुनिया की पुरानी आदत है
इस मय को मुबारक चीज़ समझ, माना कि बहुत बदनाम है ये

क़ुदरत ने जो हमको बख़्शा है, वो सबसे हसीं ईनाम है ये...

ज़िंदगी भर नहीं भूलेगी

ज़िंदगी भर नहीं भूलेगी वो बरसात की रात
एक अनजान हसीना से मुलाक़ात की रात
हाय, वो रेशमी ज़ुल्फ़ों से बरसता पानी
फूल से गालों पे रुकने को तरसता पानी
दिल में तूफ़ान उठाते हुए जज़्बात की रात
ज़िंदगी भर नहीं भूलेगी वो बरसात की रात

डर के बिजली से, अचानक वो लिपटना उसका
और फिर शर्म से बल खा के सिमटना उसका
कभी देखी न सुनी ऐसी तिलिस्मात की रात
ज़िंदगी भर नहीं भूलेगी वो बरसात की रात
सुर्ख़ आँचल को दबा कर जो निचोड़ा उसने
दिल पे जलता हुआ इक तीर सा छोड़ा उसने
आग पानी में लगाते हुए लम्हात की रात
ज़िंदगी-भर नहीं भूलेगी वो बरसात की रात

मेरे नग़्मों में जो बसती है, वो तस्वीर थी वो
नौजवानी के हँसीं ख़्वाब की तअबीर थी वो
आस्मानों से उतर आई थी जो रात की रात
ज़िंदगी भर नहीं भूलेगी वो बरसात की रात

औरत ने जनम दिया मर्दों को

औरत ने जनम दिया मर्दों को, मर्दों ने उसे बाज़ार दिया।
जब जी चाहा मसला-कुचला, जब जी चाहा दुतकार दिया॥

तुलती है कहीं दीनारों में, बिकती है कहीं बाज़ारों में,
नंगी नचवाई जाती है अय्याशों के दरबारों में,
ये वो बेइज़्ज़त चीज़ है जो बँट जाती है इज़्ज़तदारों में,
मर्दों के लिए हर जुल्म रवा, औरत के लिए रोना भी खता,
मर्दों के लिए हर ऐश का हक़, औरत के लिए जीना भी सज़ा,
जिन सीनों ने इनको दूध दिया, उन सीनों का व्यापार किया,
जिस कोख में इनका जिस्म ढला, उस कोख का कारोबार किया,
जिस तन में उगे कोंपल बनकर, उस तन को ज़लीलो-ख़्वार किया,

मर्दों ने बनाई जो रस्में, उनको हक़ का फ़रमान कहा,
औरत के ज़िंदा जलने को, कुर्बानी और बलिदान कहा,
इस्मत के बदले रोटी दी और उसको भी अहसान कहा,
संसार की हरइक बेशर्मी, गुर्बत की गोद में पलती है,
चकलों में ही आकर रुकती हैं, फ़ाक़ों से जो राह निकलती है,
मर्दों की हवस है जो अक्सर औरत के पाप में ढलती है

औरत संसार की क़िस्मत है, फिर भी तकदीर की हेटी है,
अवतार, पयम्बर जनती है, फिर भी शैतान की बेटी है,
ये वो बदक़िस्मत माँ हैं, जो बेटों की सेज पे लेटी हैं
औरत ने जनम दिया मर्दों को, मर्दों ने उसे बाज़ार दिया
जब जी चाहा मसला-कुचला, जब जी चाहा दुतकार दिया।...

□ □ □